秘剣の名医

【十四】

蘭方検死医 沢村伊織

◆

永井義男

コスミック・時代文庫

この作品はコスミック文庫のために書下ろされました。

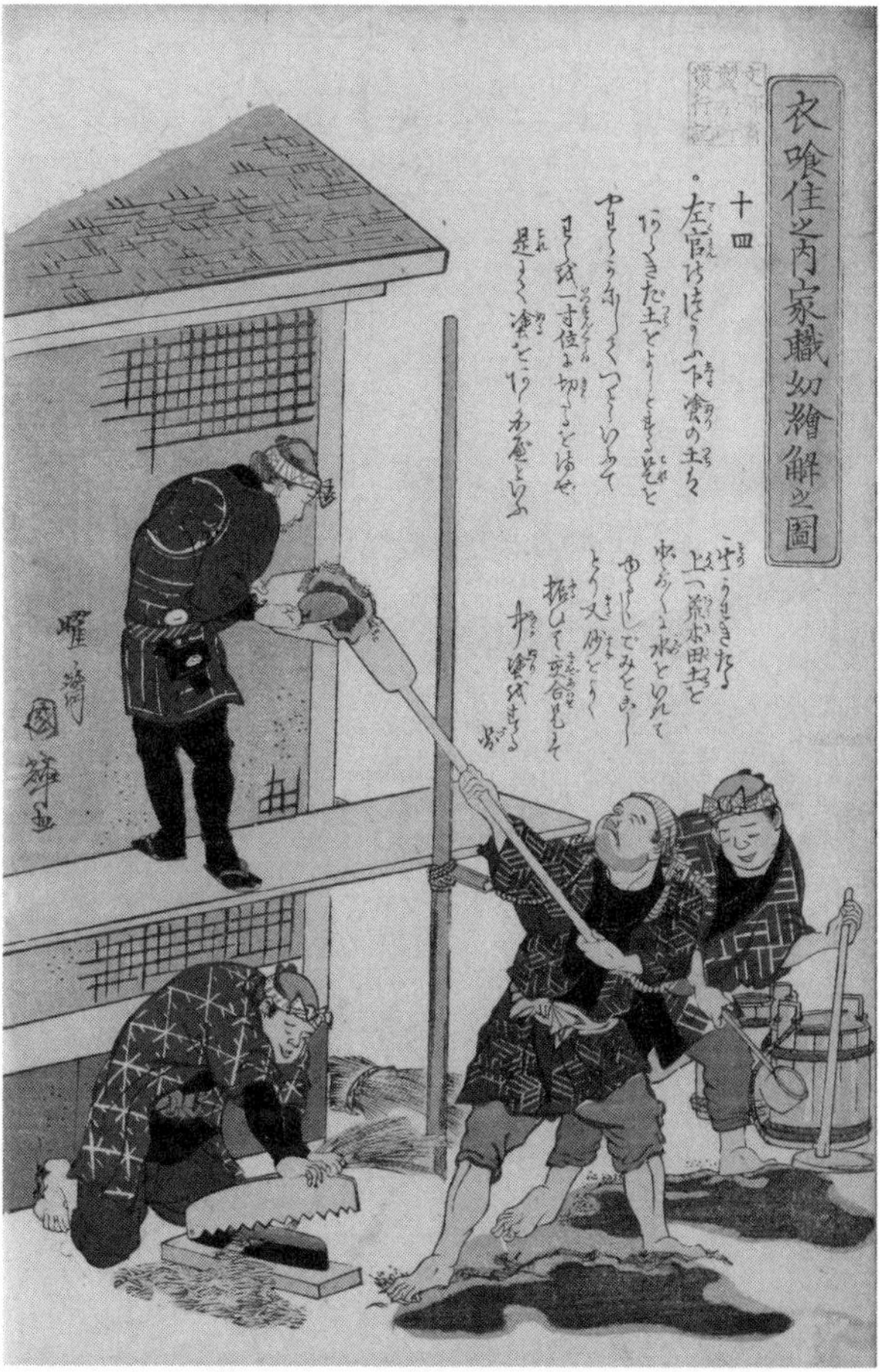

◇ 左官

『衣食住諸職絵解錦画』（曜斎国輝、明治期）、国会図書館蔵

◇ 陰間、若い者、囲者、若い者、芸者（左から順に）
『交合雑話』（渓斎英泉、文政六年）、国際日本文化研究センター蔵

囲者國人
頑童國
桃青

◇ 袋物屋（左）
『親為孝太郎次第』（式亭三馬著、文化七年）、国会図書館蔵

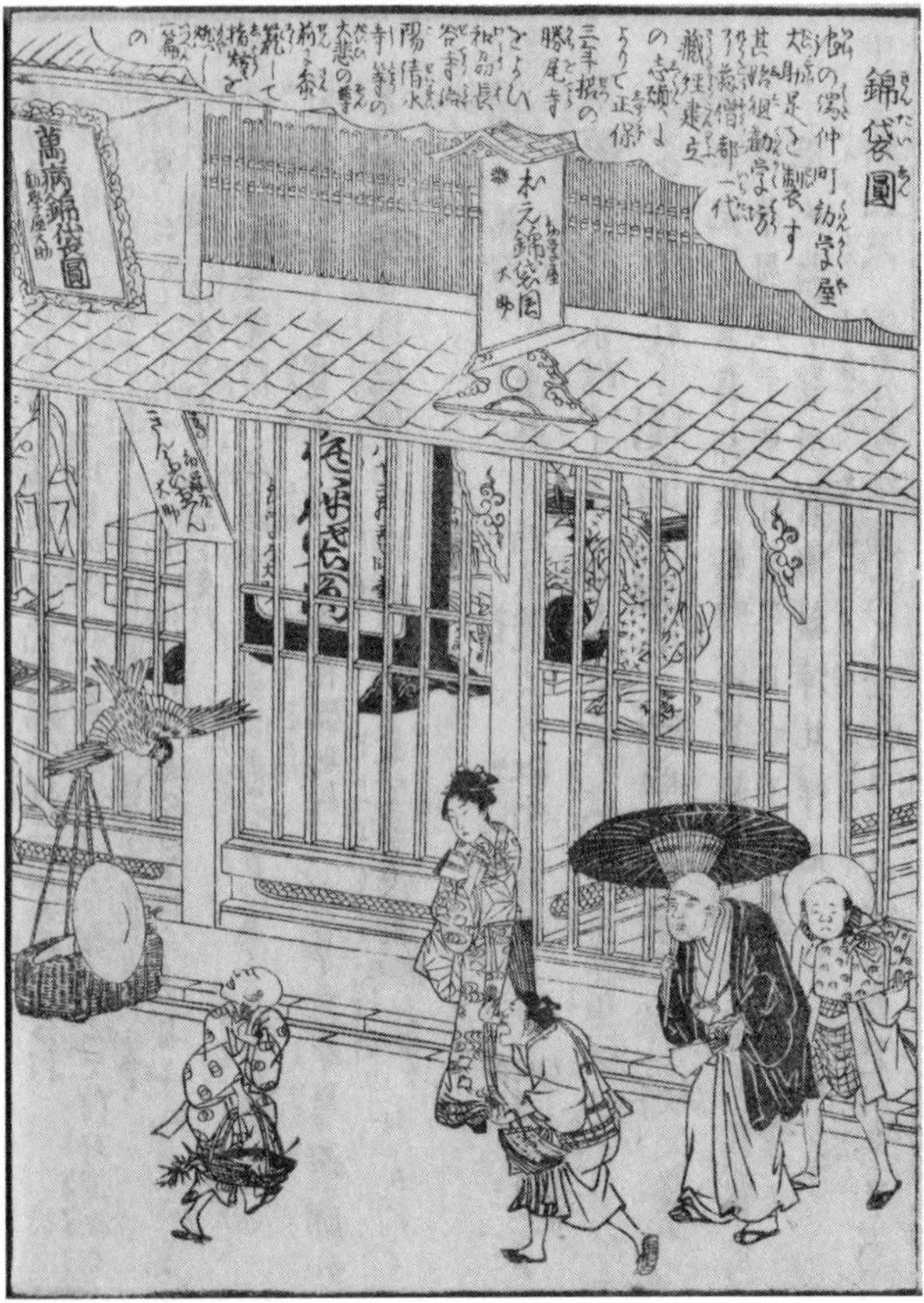

◇ 錦袋円を売る勧学屋
『江戸名所図会』（天保七年）、国会図書館蔵

傳へ書すとこゝに奉る其翌年彼一指大に腫て苦痛堪がたし時に夢中に興福禅寺の開山如定禅師錦袋の中より一霊薬を取出して授らると見る夢さめて後速に彼薬を製して服せしかば其指の病頓に愈たり其後衆人の患都に用るに百人百人愈ざるといふ事なしこゝにおいて此地に店を開き万病錦袋圓と号し彼霊薬を製し鬻て売るに其價の余財をもって一切経蔵建立の料に充志願の全き事を得たりといへり

◇ 不忍池
『絵本江戸土産』（松亭金水著）、国会図書館蔵

◇ 不忍池のほとりの出合茶屋
『帆柱丸』（喜多川歌麿、享和元年）、国際日本文化研究センター蔵

◇ 湯島天神境内
『駿河舞』（寛政二年）、国会図書館蔵

又
南阿散人

◇ 深川の芸者置屋
『娘消息』（三文舎自楽著、天保十年）、国会図書館蔵

目次

第一章　刺殺……21
第二章　溺死……67
第三章　縊《い》死《し》……122
第四章　戯作……195

第一章　刺　殺

一

下谷《したや》広小路《ひろこうじ》から新道《しんみち》に入ってしばらく行くと、右手に目的の家があった。敷地は黒板塀に囲まれ、前庭に植えられた赤松の枝が塀を越えて道に少し、はみだしている。

「鈴木《すずき》さま、ここでございます」

案内してきた町役人の小右衛門《こえもん》が立ち止まった。

木戸門は開いている。

南町奉行所の定町廻り同心、鈴木順之助《じゅんのすけ》は、黒板塀からはみだした赤松の枝を見あげた。

「ほほう、見越しの松まである。まるで、絵に描いたような妾宅だな」

「へい、さようでございますな」

小石衛門が曖昧《あいまい》な相槌を打つ。

木戸門を入ると、玄関までの地面に飛石がいくつか埋められていた。

鈴木の声に気づいたのか、玄関の格子戸が開いて、岡っ引の辰治《たつじ》が顔を出した。

辰治は鈴木から岡っ引としての手札をもらっている。

「旦那、お待ちしておりました」

「ほほう、てめえ、死体の番をしていたのか」

「へい、鼠が死体を引いていってはいけませんからな」

辰治が大真面目な顔で言った。

鈴木は笑いをこらえている。

「ほう、それは感心だ」

玄関の三和土《たたき》には、根府川石《ねぶかわいし》の沓脱《くつぬ》ぎが置かれていた。

鈴木が根府川石に雪駄を脱ぎ、玄関にあがる。町役人もそれに続いた。

玄関には虎と竹を描いた衝立《ついたて》が置かれていたが、衝立を越えて血の臭いがただよってくる。

「こちらです」

辰治が部屋に案内した。

部屋の中は、まるで血の海だった。障子にも壁にも血が飛び散っている。

血の海のなかに、男が仰向けに倒れていた。ただし、血の海と言ってもすでに畳に吸い取られていたが。

歳のころは五十前くらいだろうか。紺の腹掛《はらがけ》に股引《ももひき》、法被《はっぴ》という姿だった。いでたちから、職人ということはすぐにわかる。

全身がまさに血まみれになっており、凄惨というにふさわしい光景だった。

まわりを蝿が飛び交っている。このまま放置すれば、蝿が卵を生みつけ、たちまち蛆《うじ》が湧くであろう。

鈴木が白足袋を血で汚さないよう、やや離れた場所から眺め、

「ふうむ、拙者には死んでいるように見えるが」

と、おごそかな口調で言う。

小石衛門が不安そうな顔になった。

鈴木の言動に慣れていないため、

（この役人、いったい、なにを頓智気《とんちき》なことを言っているのだ。頭は大丈夫かな）

と、心配になってきたのかもしれない。

いっぽう、辰治は呼吸を心得ている。

「旦那、わっしは昨日から何度も呼びかけているんですが、返事はありやせんぜ。しかも、数えたら、なんと胸と腹を合わせて八か所、刺されていやすよ」

「ふうむ、そうか。ご丁寧に八か所か。ということは、すでに死んでいるな。凶器は見つかったか」

「へい、部屋の隅に包丁が落ちていやしてね。このように、血がべったりと着いています。

お捨《すて》という下女の婆さんに確かめると、台所にあった包丁に間違いないそうです」

辰治が包丁を示す。

鈴木は包丁の刃先の形状と、死体の傷を照合した。

「うむ、その包丁が凶器に違いないな。台所の包丁か、ふうむ。

家の中の様子はどうだ」

「とくに荒らされた形跡はありやせんが、旦那、こちらを見てくださいな」

辰治が隣の部屋に案内した。

壁に三味線が二丁、掛けられている。三味線の胴は布袋に収められていた。

壁際に簞笥が置かれていたが、中ほどの抽斗《ひきだし》がなかば引きだされ、男物の着物が落ちかかっている。

「男の着替えが入っていたようですな。かなりあわてて、あさったようです」

「物盗りが目的なら、すべての抽斗をあさっているはず。その抽斗だけということは、そこに大金が隠してあったのかもしれないな。しかも、それを知っていた者の仕業《しわざ》ということになるぞ」

その後、鈴木はざっと家の中を検分したが、とくに目立ったことはなかった。

「ここだと、血で汚れることもあるまい。まあ、座ってくれ」

鈴木が部屋の隅にどっかと座った。

辰治が煙草盆を見つけてきて、前に置く。

小右衛門は畳に血がないかどうかを気にしつつ、慎重に座った。

鈴木の供をしてきた中間の金蔵《きんぞう》は、玄関に腰をおろし、番をしていた。かついできた挟箱《はさみばこ》をそばにおろし、ときどき人が様子を見にくるのを、

「いま、お役人がご検使をされているところだ」

と、叱りつけて追い返している。

鈴木が辰治に言った。

「自身番からここに来るまでに、小右衛門どのからおおよそのことを聞いたが、てめえ、最初から説明してくれ」

「へい、かしこまりやした。

わっしは昨日、お捨という下女の婆さんから聞きだしたのですがね。

死んでいる男は孫六《まごろく》と言いやして、神田明神下同朋町《かんだみょうじんしたどうぼうちょう》に住む、左官の親方です。この家に孫六は、お絹《きぬ》という女を囲っていました。

昨日の昼過ぎ、使いに出ていた下女の婆さんが戻ると、このありさまだったそうでしてね。婆さんは腰を抜かしたそうですが、無理もありませんな。

わっしは、婆さんは腰を抜かしたどころか、小便を漏らしたと見ましたぜ。畳の一か所が湿っていて、小便臭かったですからね」

「ほう、臭いを嗅いだのか。若い娘の小便でなかったのは気の毒だったな。それにしても、たいしたものだ。もう、蘭方医の沢村伊織《さわむらいおり》先生に検屍を頼むまでもないぞ」

「へへ、あの先生にはおよびもつきませんよ。

死体を発見して腰を抜かした婆さんが、ようやく立ちあがり、そのあとはこけつ、まろびつ、上野北大門町《うえのきただいもんちょう》の自身番に知らせに走ったわけです。自身番から小右衛門さんら人が来て、大騒ぎになる。また、自身番からわっしの家へ知らせが来やしてね。

と、まあ、そう言う具合で、わっしが呼ばれてきたのですよ。ここに着いたときには、もう暗くなっていました。

わっしは婆さんに話を聞いたあと、夜のあいだが心配でしてね。盗みが入る恐れがありやすからね。そこで、子分に交代で寝ずの番をさせたのです。

わっしはいったん家に帰り、今朝早くやってきて、旦那の検使をお待ちしていたというわけですよ」

「なるほど、拙者が今朝、自身番を巡回し、自身番にいた小右衛門どのから検使を要請され、ここにやってきた。そして、めでたく、てめえと対面できたというわけだな。うむ、すべて辻褄が合うぞ。

ところで、囲者《かこいもの》のお絹はどこにいる」

「それが、どこにもいないのですよ。下女の婆さんが言うには、

『あたしが使いに出るときには、お絹さまは家にいました』

ということなのですがね」

「ふうむ、妙だな。お絹は逃げだしたことになるが。おい、お絹の行方は追っているのか」

「へい、わっしの子分どもが聞きこみをしていやすが、いまのところ、なんの知らせもありやせんね」

「では、下女の婆さんはどこにいる」

「近所の家が同情して、昨夜、婆さんを泊めてやったようです。まさか、血だらけの死体のある家で寝るわけにもいくまい、ということでしょう」

「そうか。てめえ、ご苦労だが、その婆さんを呼んできてくれ。事情を聞こう」

「へい、これから行ってきやしょう」

辰治が出かけていく。

*

鈴木が煙管《きせる》で煙草をくゆらせながら、小右衛門に尋ねた。

「ところで、おめえさん、孫六を殺した人間に心あたりはあるか」

「いえ、まったくございません。

それにしても、むごたらしい殺し方でございます。八回も包丁で刺すなど、孫六さんをよほど憎み、恨んでいたのではないでしょうか。

しかも、孫六さんは左官の親方で、あたしども店者《たなもの》とは違って屈強です。その孫六さんを刺し殺したのですから、残忍で凶悪な男と申しましょうか。ならず者のたぐいと申しましょうか。町内にそんな男はおりませんですよ」

小右衛門が言葉に力をこめた。

暗に、よそから来た、やくざ者や盗賊などの犯行と言いたいらしい。町役人としては、町内から下手人が出ることだけは避けたいのがうかがえる。

「孫六を憎み、恨み、つけ狙ったあげくの計画的な犯行ではないな。突発的な犯行だろう」

鈴木が言った。

小右衛門は、とうてい理解できない表情をしている。ますます、鈴木に対する不信感が深まっているようだ。

なおも、鈴木が言う。

「つまり、残忍で凶悪な男の犯行ではない、ということだ」

「しかし、鈴木さま、八回も刺しております。まさに滅多刺しでございますよ」

「おい、博奕打《ばくち》ちや、やくざ者が刃物で人を刺し殺すときは、急所を狙ってひと突きにする。殺しに手慣れた者なら、返り血を浴びない工夫もするだろうな。ところが、孫六は正面から八か所も刺されている。刺した者は、全身に返り血を浴びたろう。

刺した者はまったくの素人だよ。刺した者のほうが、孫六を怖がっていたのだ。八回も刺したのは、憎悪や怨恨《えんこん》ではない。むしろ、孫六の反撃が怖かったからだろうな。恐怖に襲われ、無我夢中で、狂乱状態になって刺し続けたのだ」

「ははあ、さようでございますか。なるほど。まったく、思いもいたりませんでした」

小右衛門は、なかば呆然としている。

ここにいたり、鈴木の経験と洞察力に初めて気づいたと言おうか。

鈴木が結論づける。

「孫六を刺したのは、日ごろは虫も殺せぬような、非力な男だろうよ。もしかしたら、女かもしれぬ。女となると、もっとも疑わしいのが囲者のお絹だな。

痴話喧嘩のあげく、包丁で旦那を刺し、泡を食って逃げたのかもしれねえ。まあ、珍しくもない事件だぜ。

おめえさん、お絹についてなにか知っているか」
「いえ、なにも存じません。あたしは顔を見たこともございませんので。
ただ、自身番に詰めているとき、町内の者が、
『新道にいい女が越してきたな』
『誰かの囲者だろうよ』
『もとは、どこにいた女だろうな』
『噂によると、深川で芸者をしていたらしいぜ』
『色っぽいはずだぜ』
『深川の芸者を引き取り、囲者にしたわけか。羨ましいな』
『旦那はどんな野郎だ』
『左官の親方らしいぜ。獅子っ鼻の、色の浅黒い、野暮天《やぼてん》の爺ぃよ』
と、まあ、そんな噂をしているのを小耳にはさみました」
「やっかみ半分だろうが、みな、言いたいことを言っておるな」
鈴木が愉快そうに笑う。
そのとき、玄関で、
「戻りやしたぜ」

と、辰治の声がした。

下女のお捨を引き連れてきたようだ。

鈴木の前にかしこまって座ったお捨は、しなびた老婆だった。

というより、精神的な打撃で、ひと晩でしなびてしまったのかもしれない。よく見ると、年齢はせいぜい四十代の後半のようである。

「外出から戻ってくると、旦那の孫六は死んでいたのだな」

「へい、さようでございます」

お捨は鈴木と目を合わせようとしない。

じっと、うつむいていた。膝の上で両手を固く握りしめている。

「外出先はどこだ」

「へい、ちょいと、お使いに出かけました」

「どこへ行って、なにを買ったか、ちゃんと述べよ。てめえの言葉が正しいかどうかは、こちらの岡っ引の辰治がすべて調べるからな」

ただでさえ悪いお捨の顔色は、血の気が失せて土気色になっていた。

震え声で、しどろもどろになりながら答える。

「あの、『湯屋に行って、そのあと下谷広小路で団子でも食べてきな。ゆっくりしてきていいよ』と言われましたので。へい。ちょいと駄賃もいただきましたものですから、それで、出かけたのでございます」

「お絹から、しばらく家から出ていろと言われたのだな」

「へい、いいえ、湯屋に行って、そのあと団子を食べたのでございます」

「外出に際して、小遣いももらったのだな」

「まあ、団子でも食べておいで、ということでございましょうが」

「そういうことは、それまでにも何度かあったのか」

「へい、ときどき」

鈴木がやおら、帯に差していた朱房《しゆぶさ》の十手《じつて》を手に取る。

十手で、畳をどんと突いた。

お捨は怯えて、身体をすくませる。唇がわなわなと震えていた。

そばで、小右衛門も身体をすくませている。思いもよらぬ鈴木の迫力に圧倒されていた。

鈴木がお捨をねめつけ、それまでとは打って変わった口調で言った。

「おい、正直に答えろ。

お絹には間男《まおとこ》がいたのであろう、どうじゃ」

「へ、へい、あたしは、くわしいことは知らないのです」

「どこの誰だ」

「知りません、本当でございます」

「顔を見たことはあるか」

「へい、一度、あたしが戻ってくると、新道の入口で、このあたりでは見かけない若い男とすれ違いました。もしかしたら……と思ったことがございます」

「どんな男だったか。職人か、店者か、それとも侍か」

「お店者のようでした。役者のような、いい男でした」

「もし、顔を見たら、そのときの男とわかるか」

「さあ……そのときになってみないと、わかりませんです。申しわけございません」

「うむ、まあ、無理もないが」

鈴木が尋問を打ち切りそうな気配を見て取り、辰治が言った。

「旦那、わっしも、ひとつ尋ねてようござんすかね」

「ああ、かまわんぞ」

辰治がお捨に言った。

「旦那の孫六が、ここに身内を連れてきたことはないか。弟子というのか、徒弟というのか、わからねえが」

「一度、若い男を連れてきたことがございました」

「どういう野郎だ」

「あたしは台所でお酒の用意をしていたのですが、旦那さまがお絹さまに、

『俺の片腕だ』

と言っているのが聞こえました」

「名は、なんというのか」

「たしか、半六《はんろく》さんです。『あっしは親方の両腕ではなく片腕なので、半六と名乗っていやす』と言って、みなで大笑いしていましたから」

「なるほどな、ありがとうよ」

辰治が鈴木を見る。

鈴木が軽くうなずいた。

辰治がお捨に言う。

「ご苦労だった。おめえも、これから身の振り方を考えねばなるめえ。住みこみ

先がどこに決まっても、小右衛門さんに伝えておいてくれよ。また、おめえに、確かめたいことが出てくるかもしれねえ。じゃあ、もう帰っていいぜ」

「へい、それでは」

お捨がみなに一礼して出ていった。

鈴木が立ちあがりながら言う。

「さて、検使はこれで終わりじゃ」

あわてて、小右衛門が言った。

「自身番に、孫六さんの家から来た人が待っております。孫六さんの遺体は引き渡してもようございましょうか」

「うむ、かまわぬぞ。早桶《はやおけ》に詰められて本宅に帰ることになろうな」

*

道に出たあと、鈴木は片隅に立ち止まり、辰治に言った。

「てめえ、半六の名を聞きだしたのは、お手柄だったぞ。拙者は思いつかなかった」

「へへ、畏れ入りやす」

「拙者は最初、孫六を刺し殺したのは、囲者のお絹の仕業だろうと思っていた。滅多やたらに刺し、全身に返り血を浴びたはず。すると、逃げる前に着替えるはずだ。ところが、簞笥の抽斗が引きだされていたのは、孫六の着物を収めたところだった。お絹の着物を探った形跡がない。

また、お絹に間男がいたらしいことがわかった。

とすると、間男の仕業かもしれないな。

孫六はたまたま、お絹が間男と『ちんちん鴨』を楽しんでいるところにやってきたのかもしれない。

間男は恐怖に襲われ、無我夢中で包丁で孫六を刺した。そして、返り血を隠すため、孫六の着物を簞笥から引っ張りだし、着たことになろう」

「するってえと、お絹と間男は一緒に逃げたことになりやすね」

「うむ、しかし、ふたりの居場所は不明だがな」

「半六に尋ねれば、なにかわかるかもしれやせんぜ」

「うむ、そうだな」

言い終えると、鈴木は目を半眼にしてなにやら考えにふけっている。

ややあって、言った。

「おい、もしかしたら、その半六が間男かもしれないぞ」

辰治が反論する。

「旦那、それはありやせんよ。下女のお捨婆ぁが、お店者らしい色男を見たと言っていますぜ」

「お捨は、男が家から出てくるところを見たわけではない。新道ですれ違っただけだ。もしかしたら、色男はたまたま通りかかっただけかもしれぬではないか」

「なるほど、たしかに、そうですな。すると、半六は親方を殺したことになりやすぜ」

「うむ、しかし、そう考えると、滅多やたらと刺したのも辻褄が合う。

半六は左官職人だから、気弱でも非力でもなかったろう。だが、相手は親方だからな。半六は怖かったのさ。それこそ、必死になって刺したのだろうよ」

「旦那、半六が下手人だとすると、これは、えらいことになりやすよ。

親方の囲者と密通したあげくに『主殺し《しゅうごろし》』ですからね。獄門どころじゃありやせん。

市中引廻しのうえ、小塚原か鈴ヶ森の刑場で磔《はりつけ》ですぜ。わっしはこれまで、悪人を獄門送りにしたことはありやすが、まだ磔送りにしたことはありやせんでね」

辰治がぶるっと小さく震える。

急に寒気を覚え、鳥肌が立ったようだ。奮いたつというより、一種の惧《おそ》れを覚えているのかもしれなかった。

鈴木の顔もいつになく厳しい。

「まあ、ともかく、半六にあたってみてくれ。なにか、わかるかもしれぬ。では、拙者は巡回に行くぞ」

鈴木はそう言うと、供の金蔵を従え、次の自身番に向かう。

辰治は神田明神下同朋町に足を向けた。

二

道を歩いていて、岡っ引の辰治は食欲を刺激する匂いがただよってくるのに気づいた。

(おや、これは鰻《うなぎ》の蒲焼だな)

ちょうど風下にいるのか、歩みを進めるほどに匂いが強くなる。

しばらく歩くと、店先に置行灯《おきあんどん》が置かれているのを見た。そこには、

江　つけめしあり
戸　大蒲焼
前　神田川

と書かれている。

(ほう、ここが有名な神田明神下の『神田川』か)

辰治はまだ神田川の鰻の蒲焼は食べたことがなかった。

店先で、ねじり鉢巻きをした男が渋団扇《しぶうちわ》であおぎながら、鰻を焼いていた。ジュッと炭火で脂が焦げる音を聞き、香ばしい匂いを嗅いでいると、口の中に唾が湧いてくる。

(食いたいな。そうだ、半六を磔送りにしたら、鈴木の旦那に神田川で鰻を奢ってもらうか。磔祝いだな)

辰治は自分の冗談に、くすりと笑った。

神田川の前を行きすぎたあと、商家で、

「左官の親方の孫六の家はどこだ」

と尋ねる。

最初の商家ですぐにわかった。やはり左官の親方ともなると、町内で有名なようだ。

孫六の家は仕舞屋《しもたや》だったが、間口は広く、二階建てで、かなり大きな家だった。親方だけに、若い職人を住みこませているのかもしれない。

玄関の格子戸は開けっ放しで、絶え間なく人が出入りし、あわただしい。親方が殺されたと伝わったからであろう。家の中もざわついているようだ。

いましも、急ぎ足で玄関に入っていく、半纏《はんてん》姿の男に声をかけた。

「おい、すまねえが、半六という男がいたら、呼んでほしい」

「おめえさん、なんの用だい。いま取りこみ中で、それどころじゃねえよ」

振り返った男は睨みつけてきた。

かなり殺気立っている。

辰治は笑いをこらえながら、ふところから十手を取りだした。

った。


「わっしは、こういう者だがね」

「へ、へい、さようでしたか。お待ちください。呼んでまいります」

男の態度が一変した。

あわてて家の中に入っていく。

それまで横柄だった相手の態度が急に変わるのは、辰治にとって愉悦の瞬間だった。

しばらくして、二十代初めの男が玄関先に出てきた。

親方が自分の片腕と認めただけあって、浮ついた雰囲気はない。顔は日に焼けていたが、鼻筋の通った顔立ちだった。背も高く、たくましい身体をしている。

「あっしが、半六でございます」

そう言いながら、腰を折った。

左官仕事のときは着物を尻っ端折りし、股引を穿いているのであろうが、いまは着物の裾をおろしている。仕事は休みになったうえ、これから葬儀などの準備があるからであろう。

「岡っ引の辰治だ。さきほど、町奉行所のお役人の検使に同行して、孫六さんの死体を検分してきたよ。

　ところで、玄関先でこういう話をしてもいいのかい。かといって、家の中というわけにもいくめえよ」

「へい、さようでして。家の中はいま、ごった返していましてね。

　親分さえよろしければ、道端の立ち話とさせていただけやせんか。ひとけのない場所がありやすので」

「おう、わっしはかまわねえよ」

「では、こちらへどうぞ」

　半六は下駄をつっかけ、先に立って案内する。

　そこは人通りの少ない場所だった。それまで寝そべっていた犬が、ふたりを見てのそりと立ちあがり、どこやらへ去っていく。

「この辺で、どうでしょうか」

「ああ、かまわねえぜ」

　半六がさっそく言った。

「親方の遺体はどうなるのでございましょうか」

「お役人の検使は済んだからな。いまごろは早桶に詰められ、こちらに向かっているだろうよ」

「さようですか」

「孫六のかみさんは——いまは後家さんだが、どうしている」

「泣いたかと思うと、ぼんやりしているときもありで、心配なので女中がそばについていやす」

「そうか、無理もないがな。かみさんは、亭主に囲者がいるのは知っていたのか」

「知らないふりをしていただけでしょうね。知っていたと思いやす」

「ふうむ、そうか。

ところで、おめえ、お絹の家に行ったことがあるよな」

辰治が急に話題を変えた。

半六はとくに動揺した様子もない。

「へい、親方に連れられて一度、行ったことがありやす」

「孫六に囲われる前、お絹はどこで、なにをしていたのか」

「深川で芸者をしていたとか……くわしいことは、あっしも知りません」

「ふ～ん。それで、おめえ、昨日はどこにいた」

「あっしに、お疑いがかかっているのでしょうか」

半六が無表情で言った。

辰治が軽くいなす。

「おめえだけじゃねえ、わっしは、まわりの人間はみんな疑っているよ。岡っ引は因果な商売でな。みな、尋ねられるのだと思いねえ。

昨日一日、どこにいたのかがわかれば、それでおめえは疑いが晴れる。正直に話してくれたほうが、こっちも手間がはぶけて助かるぜ」

「へい、わかりやした。あっしは独り者ですから、親方の家の二階に寝泊まりしていやす。

昨日は朝飯を食ったあと、みなで普請場《ふしんば》に行きやした。八ツ（午後二時頃）過ぎに仕事を終えて、みなで連れだって親方の家に戻りました。

そのあとは、湯屋に行ったり、帰りに一杯、ひっかけたりしやしたが、いつも誰かと一緒でした。聞いていただければ、あっしが上野北黒門町には行けないはずだと、おわかりになるはずです」

「普請場はどこだ」

半六が普請場の場所を説明する。

辰治は聞きながら、これで半六は下手人ではないと判断した。

もちろん、あとで別な左官に確認して、裏付けを取らなければならないが、孫六が殺されたころ、半六はかなり離れた普請場にいたことになる。

普請場の場所からして、ちょっと抜けだして上野北黒門町の妾宅に行き、また普請場に戻るのは、とうてい無理である。

しかし、下手人ではないにしろ、半六が事件解明の大きな鍵を握っていそうだった。

辰治は質問を続けた。

「では、昨日、孫六はどこにいた」

「親方はあっしらと一緒に普請場に来たのですが、昼前になって、

『俺はちょいと野暮用があるから、半六、あとはてめえに任せるぜ』

と言って、どこかに出かけました。

それが、親方の姿を見た最後です」

「おめえ、そのとき、孫六がお絹のとこへ行くとは思わなかったのか」

「思いませんでした」

「なぜだ」

「親方がお絹さんのところへ行くのは、いつも仕事を終えてからでしたから。仕事の途中で抜けだしたので、あっしは、親方は本当に用事があるのだろうと思っていやした」

「なるほどな。孫六が昨日、普請場を抜けだしてお絹のもとに行ったのは、異例ということになるな」

「へい」

短く答えたあと、半六は黙っている。

辰治は半六の表情から、なにかわだかまりを抱いているのを感じた。ここで、ずばり疑問をぶつける。

「おい、お絹には間男がいたのではないか」

「下女のお捨婆ぁが、そう言ったのですかい」

半六が挑むような眼をした。

すかさず、辰治が声を荒らげる。

「婆ぁのことはどうでもいい。わっしは、おめえに尋ねているんだ」

半六の顔が紅潮する。

拳を固く握りしめていた。相手を殴りつけたいのを、懸命にこらえていると言おうか。

「おい、どうなんだ。親方を殺した人間を召し捕りたくないのか」

「へい、申しわけありません。知っていることを申しあげます。

あっしは、お絹さんに間男がいたかどうかは知りやせん。しかし、いまになって考えると、思いあたることがありやす」

「ほう、なんだ」

「言葉はもうはっきり覚えていないのですが、親方があるとき、

『お絹のとこへ、生《なま》っ白《ちろ》い男が来ているようで、気になる』

というような意味のことを、ぽつりと言ったのです。

あっしは、親方も年だけに、若い男がお絹さんに近づくのが気がかりなのだろうな、くらいに軽く受け止めていやした。いままで忘れていたくらいです」

「ふ〜む、すると、孫六はお絹に間男がいるのではないかと、疑っていたことになるな。そして、ひそかに調べていた。ついに昨日、間男がお絹のところへ来るのを突き止め、現場を押さえるため、仕事を中断して妾宅へ乗り込んだ。ところが……というわけだな」

半六は暗い顔をして黙っている。

その表情から、辰治の推理に同意しているのはあきらかだった。

辰治が言った。

「さて、これまでとしよう。忙しいところ、手間を取らせたな。それにしても、神田川の鰻はなくなったな」

「へ、親分、なんのことですかい」

「いや、こっちの話だ」

辰治は笑いでごまかし、連れだって歩く。

孫六の家にはすでに、血まみれの死体を入れた早桶が届いているであろう。左官の親方だけに、盛大な葬儀になるに違いない。

辰治は孫六の弟子の別な左官に話を聞き、半六の供述の裏を取るつもりだった。

三

左官の半六を尋問した翌日、岡っ引の辰治は下女のお捨を訪ねた。

お捨は、町役人の小右衛門の世話で、やはり町内にある米屋に住みこみで下女奉公をはじめていた。

辰治は店先で奉公人のひとりに声をかけ、呼びだしてもらう。

現われたお捨は、辰治を見て、あきらかに迷惑そうだった。あたらしい奉公先の評判が心配なのであろう。

「手間は取らせねえ。ちょいと道端で話そう。おめえが外には出にくいと言うのなら、わっしが店の主人に掛けあってやってもいいぜ」

お捨はあわてて、

「いえ、旦那さまには会わないでください。へい、外で話します」

と言い、店から急いで出てくる。

辰治は笑いをこらえ、先に立って歩いた。

米屋からほど近い道端に立ち止まる。

「手短に話そう。おめえも、早く戻りたいだろうからな。

殺された孫六はやはり、お絹に間男がいるのではないかと疑っていたようだな。

間男のことを『生っ白い』男と呼んでいたようだが。

おめえ、生っ白い男に心あたりはねえか」

「さあ、先日も言いましたが、生っ白い男を見かけたことはあります。でも、道で見かけただけですから」

お捨はちらちらと米屋のほうを振り返る。

やはり、ほかの奉公人の視線が気になってしかたがないようだった。

「ふうむ、お絹を訪ねてくる男はいなかったか」

「ときどき、小間物の行商や、貸本屋が来ましたけどね」

「その小間物屋や貸本屋が、間男じゃねえか。とくに小間物屋は、色白な優男が多いので有名だぜ。まさに生っ白い男だ」

「小間物屋や貸本屋が来たときは、いつもあたしが家にいましたから、それはありませんよ」

「ふうむ、ほかに男は来なかったか」

「魚や野菜の行商人が来ることはありましたが、あたしが勝手口で応対していましたからね。それに、生っ白い男ではありませんよ。

そういえば、本宅から丁稚どんがときどき、使いで来ることがありました。旦那さまから『今日、行く』という知らせですけどね」

「ほう、丁稚もたしかに男だな。何歳くらいだ」

「十二、三歳でしょうかね」

「十二、三歳でも、へのこは大人並みってことはあるぜ。わっしの場合は十二、三歳のとき、せいぜい十歳並みだったがな」

お捨は笑うどころか、顔をしかめた。

そんな反応に、辰治がおかしそうに笑った。

「冗談だよ。いくらなんでも、丁稚小僧が間男ということはあるめえ」

ひとしきり笑ったあと、一転して辰治が目を鋭くした。

「おめえ、本当に間男を知らねえのか。もしかして、お絹に金をつかまされ、口止めされていたのじゃねえのか」

「本当に知りません。その日は、あたしは使いに出されていたのですから」

「そうか、邪魔したな、もう、いいぜ」

「へい、では」

ぺこりと頭をさげ、お捨が急ぎ足で店に戻っていく。

「う〜ん」

歩きながら辰治がうなった。

もう手詰まりだった。

お絹の所在が知れないかぎり、もう打つ手はない。

ふと、辰治は思いついた。

(お絹の実家はどこだろうな)

実家に隠れているかもしれない。だが、その実家がどこかわからなかった。

(深川の芸者置屋で調べる方法があるな)

だが、お絹の芸者のころの名がわからなかった。また、深川に芸者は多い。深川を歩きまわっても、まず無駄足であろう。

(お絹が見つかるまでは、もう手はないな)

辰治はとりあえず家に帰ることにした。

*

下女のお捨を尋問した翌日、岡っ引の辰治はひさしぶりに朝湯に行った。

湯からあがったあと、男湯の二階にある休憩室で、居合わせた男と将棋をした。

辰治は将棋が好きだったこともあるが、相手と雑談をしながら、町の噂を聞き出す狙いもあった。

そのときも、相手がなにげなく言った。

「湯島天神門前に住む十歳の女の子が行方不明になったとかで、騒いでいましたね」

「ほう、いつのことだ」

「三日前です。あたしが商売で門前を歩いていると、何度か食べたことのある藤屋という一膳飯屋が、

『今日は都合により、店仕舞《みせじまい》とさせていただきます』

と言って、客を追い払っていましてね。

あたしが、近くにいた男に声をかけたのですよ。

『いったい何事ですか』

『藤屋の十歳になる娘の行方が知れないらしい。これから、あちこち探しにいくのだろうよ』

ということでした」

「ほう、その女の子は見つかったのか」

「いえ、そのあとのことは、あたしも知りません」

辰治は話を聞きながら、湯島天神門前は沢村伊織が住んでいるところだと思った。また、三日前と言えば、孫六が殺され、囲者《かこいもの》のお絹が姿を消した日と同じである。

（まさか、ふたつの事件が絡んでいるとは思えねえが）

だが、たんなる偶然にしても同日だけに、辰治の頭に強く焼きついた。

つい、そちらのほうを考えているため、将棋への集中がおろそかになり、けっきょく負けてしまった。

「今日は調子が悪いや。もう、帰るぜ」

辰治はあっさり腰をあげた。


「けえったぜ」

声をかけながら、汁粉屋の勝手口から入る。

辰治は表向きは汁粉屋の主人だったが、実際は女房のお常《つね》が女将《おかみ》として切り盛りしていた。おかげで、辰治は岡っ引稼業に専念できた。

亭主が帰った様子を知って、襷掛けし、前垂れをしたお常が店のほうから、台所に顔を出した。

「金蔵という人が、おまえさんを呼びにきたよ」

「ほう、金さんか。同心の鈴木さまの家来だ。なんの用か、言っていたか」

「不忍池《しのばずのいけ》に来てほしいとさ。下谷茅町《したやかやちょう》のあたりで、女の死体が見つかったらしいよ。水死体だとさ」

辰治はハッとした。

ついさきほど、湯屋の二階で、十歳の女の子が行方不明になった話を聞いたばかりである。

（その子かな）

「おい、金さんは女の死体と言ったのか。女の子の死体と言わなかったか」

「女の死体と言ってたけどね」

「ほう、そうか」

辰治は考えにふける。

放心状態の亭主を見て、お常は、

「おまえさん、なに、うすぼんやりしているんだい。しっかりしな。じゃあ、伝えたよ」

と、店のほうへさっさと戻っていく。

店はかなり忙しいようだ。

辰治の頭に閃いたものがある。

（まさか、お絹ではあるまいか。いや、きっと、そうだ）

ほぼ確信に近いものがあった。

しかし、お絹の死で手がかりがまったく途絶えてしまうのか、それとも、死体発見があらたな展開につながるのか。

今後のことを考え、しばしたたずんでいたが、辰治はようやくと我に返った。

急いで、台所の横にある急勾配の階段をあがる。

二階に行くと、着替えをした。

紺の股引を穿き、着物の裾は尻っ端折りする。羽織を着て、ふところに十手を押しこむ。着替えをしながら、辰治はふと気づいた。

（待てよ、俺はお絹の顔を知らねえぞ。所持品でお絹とわかればいいが、さもないと困ったな。顔を知っているのは、お捨婆ぁか、半六だぞ）

女のお捨に水死体を確認させるのは、やはり忍びないものがあった。それに、あたらしい奉公先から呼びだすのも気が引ける。

となると、半六しかない。

孫六の葬儀は昨日、おこなわれたはずである。だが、たとえ葬儀は終わったといっても、まだ仕事は休んでいるであろう。

いろんな後始末のため、半六は家にいるはずだった。

（よし、遠まわりになるが、神田明神下同朋町の家に寄って、半六を引きずりだそう）

辰治は急いで階段をおりると、草履を履き、勝手口から飛び出した。

四

不忍池のほとりに、五、六人の男が集まっていた。

岡っ引の辰治が、連れだって歩く左官の半六に言った。

「ああ、あそこだぜ」

半六は無言で、暗い顔をしている。辰治に強引に引っ張りだされたことへの憤《ふん》懣《まん》はもちろん、死体の確認という役目も気が進まないに違いない。

中間の金蔵が、歩いてくる辰治に気づき、同心の鈴木順之助に知らせているようである。

近づくと、地面に筵《むしろ》が敷かれているのが見えた。筵が盛りあがっているのは、下に死体があるからに違いない。

「旦那、遅くなって申しわけないです。その代わり、左官の半六を連れてきやしたぜ」

「ほう、そのほうが半六か」

鈴木がひたと見すえる。

半六は気圧されたように、頭をさげた。

「死体を見るがいい。今朝、水に浮かんでいるのが発見され、引きあげられた。死後、三、四日ってとこかな。

身体中がふやけ、顔もだいぶ面変わりしているが、首筋を見ると手で絞められた跡がある。おそらく、絞め殺して、水の中に放りこんだのであろうよ」

鈴木にうながされ、辰治がかがんで、十手で筵をはねのけた。

着物はなかば脱げかかっていた。顔は赤黒く変色し、しかも膨れている。髪はほどけて、ざんばら髪になっていた。

「たしかに、首に絞めた跡がありやすね。もう二、三日あとだと、わからなくなっていたかもしれやせんが」

辰治が頸部を眺め、言った。

そのあと、陰鬱な顔をしてそばにつっ立っている半六を見あげる。

「へい、似ているような気がしますが、なんせ、面変わりしているので。そばに行って、よいですかい」

「おう、近寄ってよく見てくんな」

半六がそばにしゃがんだ。

顔をまじまじと見たあと、

「ちょいと、腕を見ていいですかい」

と言いながら、半六が袖をまくって、女の左の二の腕をあらわにした。

左肩のやや下あたりに、火傷《やけど》の跡があった。

「お絹、いや、お絹さんです」

その半六の言い直しを、鈴木が聞き逃さなかった。二の腕を確認したことも、見過ごしはしない。

辰治が半六に問いただそうとする前に、鈴木が言った。

「よし、死体がお絹であることは、これで明白だ。拙者は次の巡回に行かねばならぬ。

辰治、あとは、てめえに任せるぞ。半六からよく事情を聞きだすがいい。思ったより、いろいろと知っていそうだぞ」

「へい、わかりやした」

辰治は鈴木が考えていることはわかっていた。

要するに、自分がいないほうがうまくいくと計算しているのだ。

半六の尋問は、辰治にゆだねるということだった。もちろん、次の巡回に行かねばならないのも本当であろうが。

鈴木が立ち去りそうな気配を見て、町役人らしき男が言った。

「鈴木さま、この死体の始末はどうすればよろしいでしょうか」

「身元不明の行き倒れ人であれば、町内の負担で無縁仏として葬る。

だが、この死体は、左官の親方孫六の囲者とわかった。当然、孫六が引き取り、葬らねばならぬ。しかし、あいにく孫六も死んでおる。となると、孫六の後家が引き取るべきだろうな。

おい、半六とやら、後家に話をつけて、きちんと弔《とむら》ってやれよ」

「へい、かしこまりました」

半六が神妙に頭をさげた。

孫六の後家は、先日の孫六に続いて、ふたり目の葬儀をしなければならないわけだった。

いっぽう、町役人は町内の負担にならないのを知り、ほっとした顔をしている。

鈴木は、挟箱をかついだ金蔵を従え、次の自身番に向かった。

*

辰治は、お絹の死体のまわりに集まっている数人に、

「ちょいと待っていてくれ。この男と、ちょいと話がある」

と言うや、半六の腕を取り、やや離れた場所に引っ張っていった。

「ここなら、連中にも聞こえねえはずだ。お絹の左の二の腕に火傷の跡があった。あれは、入《い》れ黒子《ぼくろ》を灸で焼き消したあとだな。てめえ、なぜ知っていたのだ」

「以前、親方に連れられて行ったとき、ちらと見えたものですから」

「おい、てめえ、いいかげんなことを言うな。さては、てめえが間男だったのだな。親方の囲者を寝取ったわけか」

辰治が極力声をおさえ、しかし凄みを利かせた。

半六が憤然として否定する。

「とんでもございません。あっしが間男など、まったくの誤解です」

「おい、同心の鈴木さまがなぜ、わっしに任せたかわかるか。

鈴木さまがてめえを尋問すれば、自身番に引っ張っていかざるをえないからだぜ。そこまで鈴木さまは考えてくださったのだ。つまり、鈴木さまはてめえに同情していなさるのよ。そこを汲み取りな。

なぜ、お絹の入れ黒子を知っていたのだ」

辰治が追及した。

半六がなんともつらそうな表情になった。

ほとんど泣きそうな声で言う。

「お絹が深川で芸者をしていたとき、あっしとは忍び会う仲でした」

「ほう、てめえは、お絹の情男《いろ》だったのか。てめえも、なかなか隅に置けねえな。

すると、入れ黒子はなんと彫ってあったのだ」

「『三命《さんいのち》』、と彫っていました。あっしの名が半六なので、六の半分で三としやした」

「ほう、洒落ているな。さすが、深川の芸者だぜ。それで、どうした」

「そんなおり、親方がお絹に熱をあげているという噂が聞こえてきたのです」

「孫六に、『お絹はあっしの女です』とは言わなかったのか」

「親方はあっしにとって大恩ある人です。そんなことは言えませんよ。わっしも、それなりに悩みましたがね。

　しかし、いま思うと、最初にさらっと言えばよかったのかもしれません。そうすれば、笑い話で終わっていたかもしれないのですが、いまさら言っても詮無いことです。なまじ秘密にしていたため、ますます言えなくなったのです。

　そのうち、親方がお絹を身請けして、囲者にすると言いだしましてね。それを知って、あっしはいさぎよくお絹をあきらめたのです。お絹にも因果を含め、入れ黒子は灸で焼き消しました」

「ふうむ、せつない話だな」

「親方が上野北黒門町の新道に家を借り、お絹を囲いました。あっしはしばしば、親方に誘われたのですが、用事にかこつけて断りました。つらくって、とてもまともに顔を見れませんよ。

　また、お絹が驚いて、うっかりぼろを出す恐れもありましたからね。ともかく、あっしとお絹は終わった仲だったのです。

ただし、一度だけ、そのときはどうにも断りきれなくて、親方の供をして家に行きやした。

あっしは内心、ひやひやしていたのですが、お絹はたいしたものでしたね。あっしを見ても、まるで初めて会うような顔をして、

『あら、親方、弟子にこんないい男がいたの。なぜ、もっと早く連れてこないのよ』

と、はしゃいでいましたよ。

やはり、芸者をやっていただけに、そのあたりのさばきは見事でした」

「惚れ直したか」

辰治がからかうように言った。

半六は怒りをおさえて答える。

「それは、ありやせん。あっしも、そのあたりは心得ています。親方を裏切る気持ちは、これっぽっちもありやせんでした」

「妾宅に行ったのはそのとき、一回だけか」

「へい、それが最初で最後です」

「そうか。それで、何度も聞くようだが、てめえ、お絹の間男に本当に心あたり

はねえのか」

「ありやせん。じつは親分、あっしは必死で思いだそうとしているのです。なにか、見落としている気がしましてね」

「そうか、なにか間男に結びつきそうなことを思いだしたら、わっしに知らせてくんな。

さて、お絹はあのままじゃ、可哀相だぜ。てめえ、早く帰って、孫六の後家に話をつけてきな。

後家がなにやかやと御託を並べて渋ったら、町奉行所のお役人の命令だと言って、脅しつけるがいいぜ。後家がどうしても承知しないようなら、わっしが出ていってやる。

まあ、最後はおめえの手で葬ってもらえるんだ。お絹もきっと喜んでいるぜ」

「へい、親分、ありがとうございやす」

半六の声は涙が混じっていた。

第二章　溺　死

一

沢村伊織が湯屋から戻ると、妻のお繁《しげ》が言った。

「往診の依頼ですよ」

「ほう、どこからだ」

「それが、文字苑《もじその》師匠からなのです」

お繁の表情や口ぶりに、やや不審そうな様子がある。

文字苑は、お繁が以前、常磐津《ときわづ》と三味線を習っていた稽古所の師匠である。

「ほう、どういう状態なのかは、聞いたか」

「下女のお石どんが訪ねてきて、

『お師匠さんが苦しんでいますので、先生に往診をお願いします』

と言うのです。

あたしは症状などを尋ねたのですが、なんとも要領をえなくて、ただ、『往診をお願いします』と繰り返すだけなのです。そして、お石どんはそそくさと帰っていきました」

「ふうむ。たしかに、ちと妙だな。しかし、医者が往診を求められた以上、行かざるをえないだろうな」

「長さんは帰ってしまいましたね。薬箱はどうしますか」

長さんとは、湯島天神門前にある薬種問屋・備前屋の息子の長次郎《ちょうじろう》のことである。まだ前髪があった。

父親の意向で、伊織の弟子になった。とはいっても、父親は息子を医者にするつもりはない。将来、息子が店を継ぐときに、蘭方医の弟子の経験は役に立つであろうと考えたのだ。

そのため、長次郎は住みこみではなく、通いの弟子だった。伊織が往診するときは、薬箱をさげて供をしていたのだ。

「自分でさげていこう」

湯あがりの格好で往診するわけにもいかないので、伊織はお繁に手伝わせながら着物を着換え、黒羽織の姿になった。

お繁が玄関まで、薬箱と提灯を持参した。

すでに薄闇に包まれている。往診を終えて帰るころには、提灯が必要であろう。

室内の行灯には灯がともっていた。

伊織は薬箱と提灯を受け取ると、文字苑の家に向かう。


文字苑の家は、湯島天神の参道から横に入っていく新道にあった。

玄関横の柱には「常磐津文字苑」と書いた木札がかかげられているのだが、もう薄闇に包まれて字は判読できない。

伊織が声をかけると、

「どうぞ、お入りください」

と返事があった。

入口の格子戸を開けて入ると、三和土がある。履物を脱いで三和土からあがると、十畳ほどの部屋だった。

文字苑は長火鉢のそばに座っていた。伊織に向かって丁重に頭をさげる。

そばに見台はなく、数丁の三味線はすべて壁にかかっている。もう、稽古は終わったようだ。

行灯の灯りを受けて文字苑はやや、やつれて見えた。伊織は、無理もないな、と思う。

というのは、一か月ほど前、文字苑の愛人が殺された。しかも、殺したのは、文字苑の門人のひとりだったのだ。

また、この事件の謎を解いたのが伊織である。

文字苑がふたたび頭をさげた。

「申しわけございません、ご足労をお願いしまして」

「具合が悪いと聞きましたが」

「あたしの具合のよくないのは本当なのですが、じつは、もっと別な心配がございまして。相談できるのは先生しかいないものですから、来ていただいたのです。先日の件で、岡っ引の辰治親分にもお世話になりました。親分も知りあいには違いないのですが、やはり相談しにくくて。そこで、先生に、と思ったのです。ご迷惑かと存じますが、相談に乗っていただけますか」

伊織は内心、困ったなと思った。

岡っ引に相談すべきことを、医者に持ちかけるのは、正直に言ってやや見当違いである。しかし、妻のお繁のかつての師匠であり、無下には断れない。

「私がお役に立てるかどうかはわかりませぬが、いちおう、お聞きするだけはお聞きしましょうか」

「はい、ありがとうございます。

じつは、あたしのところに稽古に来ていた、お仙《せん》という女の子……十歳ですが、四日前、稽古を終えて帰ったあと、行方が知れなくなったのです。

お仙ちゃんの家は、門前で藤屋という一膳飯屋をやっています」

「ああ、あそこですか」

入ったことはなかったが、伊織も藤屋は知っていた。

妻のお繁の実家は、門前にある立花屋という仕出料理屋である。藤屋と立花屋は近所だった。

「その日、もう夕方近くなってから、藤屋の女中がやってきて、

『お仙ちゃんはまだいますか』

と言うではありませんか。

あたしは、びっくりしましてね。

『え、お仙ちゃんはとっくに、昼前に帰りましたよ』

それから、大騒ぎになりましてね。

藤屋の人たちはもちろん、近所の人も大勢手伝い、お仙ちゃんの行方を探したのです。あたしも、およばずながら、お仙ちゃんを知らないか、弟子に聞いてまわりました。

暗くなったので、あたしはいちおう家に引きあげたのですが、藤屋の人や近所の何人かは提灯をさげて、明け方近くまで、あちこち探したようです。でも、けっきょくお仙ちゃんは見つからないままでした。

稽古場でも、みなお仙ちゃんのことを心配しました。

ところが、弟子のなかには、

『人さらいに、かどわかされたのさ。いまごろは、吉原の妓楼か、岡場所の女郎屋に売られているよ』

などと、放言する男もいましてね。

あたしはカッとなり、

『なんてことを言うんだい。お仙ちゃんは、あたしの弟子だよ』

と、叱りつけたのですがね。

でも、考えてみると、もっともありそうなことです。

あたしは、ここに稽古所を開く前、深川で芸者をしていましたからね。かどわかされ、女郎屋に売られた女の子を見ています。それだけに、お仙ちゃんのことが心配でしてね」

ここにいたり、伊織は文字苑がやつれて見えた理由が理解できた。先日の殺人事件に続き、今度は門人の女の子の行方不明事件と、心労が続いているのだ。無理もなかった。

「四日前に行方が知れなくなったわけですが」

「それが、今朝になって、不忍池に死体が浮いているのが見つかったのです」

「ああ、それでしたか。溺死体の噂は、さきほど、湯屋で小耳にはさみましたぞ。しかも、昨日は年増の女、今日は女の子と、二日連続だそうですね」

伊織が思いだしながら言った。

さきほど湯屋で、客たちが、

「不忍池で、立て続けに女の水死体が見つかったとよ」

「昨日の朝は二十代の女、今朝は女の子だそうだな」

「ほう、両方とも女か」

「不忍池に女が飛びこむのが流行っているのか」

など、声高に話しているのが聞こえたのだ。

伊織も興味がなかったわけではないが、いかにも野次馬根性丸出しの、無責任な噂話だったので、こちらから話しかけることはしなかった。

もし、今朝見つかった死体がお仙で、四日前に水死したとしたら、いったん身体が沈んだのち、体内の腐敗ガスで浮上したことになろう。まさに、土左衛門状態のはずである。

「死体の身元はわかったのですか」

「お仙ちゃんでした。顔などは変わり果てていて、とてもお仙ちゃんとわからなかったそうですが、着ていた着物などからわかったのです」

「自身番には届けたのでしょうか」

「はい、自身番にお届けし、お仙ちゃんは溺れ死んだのだと決まったそうです。遺体はもう、お寺に運ばれたかもしれません」

伊織は自分が呼ばれた理由が、いよいよわからなくなってきた。

すでに菩提寺に運ばれているわけであり、もはや医師の自分に出番はない。

「ところが、妙なことがわかりましてね。お為《ため》という、十五歳の弟子がいます。門前の恵比寿屋《えびすや》という料理屋の娘ですがね。

お仙ちゃんが行方不明になった日、お為ちゃんとお仙ちゃんが連れだって不忍池のほうに歩いていくのを見たという者がいるのです。

お石、お石、ちょいと来な」

文字苑が下女を呼んだ。

台所からお石が現れた。文字苑と伊織の会話はすべて聞こえていたはずである。

「お石、先生に、見たとおりにお話ししな」

「へい、四日前、あたしは買い物に行くところだったのですが、お為ちゃんとお仙ちゃんが手をつないで歩いているのが見えました」

「不忍池に向かっていたのか」

「不忍池だったかどうかはわかりませんが、不忍池の方向でした。あたしは買い物があるので、別な方向に行きましたから、ずっと見ていたわけではありません」

「ふうむ、ふたりの様子はどうだったか。お為がお仙を無理に引っ張っていた様子はあったか」

「いえ、まったく逆で、お仙ちゃんがお為ちゃんに甘えているようでした。どちらかというと、お為ちゃんはいやがっているように見えました。でも、後ろ姿を見ただけですから」

「ふうむ、お仙のほうから、お為についていったように見えるな」

伊織はしばらく考えたあと、言った。

「その話をいつ、師匠にしたのか」

「お仙ちゃんが行方知れずになったと聞いて、あたしはお師匠さんにしたのです。翌日だったかもしれません」

文字苑が言った。

「じゃあ、もう、いいよ。湯に行ってきな」

「へい、では、湯に行ってきます」

お石はいったん台所に引っこむと、勝手口から外に出ていくようである。

「そのお為という娘に、事情を尋ねたのですか」

伊織が言った。

文字苑の顔がゆがんだ。

「無理ですよ、とても、あたしにはできません。

お仙ちゃんが行方知れずになったあと、お為ちゃんが稽古に来たので、あたしは口元まで出かかったのですが、ほかのお弟子もいたこともあり、けっきょく言いだせませんでした。なんとなく追及するみたいで、気おくれがしましてね。

今朝、お仙ちゃんが死体で見つかったと伝わってきまして、そのあと、お為ちゃんが稽古に来たものですから、あたしは今日こそ、問いただそうとは思ったのです。

でも、お為ちゃんを前にして、口を開こうとすると、怖くなってきました。急に胸がどきどきしてきて、呼吸が荒くなって。逆に、お為ちゃんが、

『お師匠さん、どうしたのですか』

と心配するほどでしたよ。

そのときは、どうにか誤魔化したのですが。やはり、あたしには無理です」

「どうして、怖くなったのです」

「つい、怖い想像をしてしまうものですから」

「お為がお仙を、不忍池に突き落としたのではあるまいか、ということですか」

「はい、怖くて、あたしの口からはとても言えませんでした」

文字苑がふところから懐紙を取りだし、目をぬぐった。

たしかに、怖い想像であろう。

つい先日、文字苑の男の弟子が人殺しをした。続いて、女の弟子からも人殺しが出れば、どんな評判が広がるであろうか。文字苑はとうてい稽古場をやっていけなくなるであろう。

しばらく考えたあと、伊織が言った。

「行方不明になった日、お為はお仙と一緒にどこやらに行ったことを、自分からは話さないのですか」

「はい、いっさい、そんな話はしません」

「ふうむ」

伊織は、やはりお為は怪しいと思った。

普通であれば、お仙が行方不明になったと知れば、「あたしは何《な》ン時《どき》ころ、お仙ちゃんと○○で別れたわよ」と自分から告げ、捜索に協力するはずである。

ところが、お為は沈黙をつらぬいている。不自然だった。

お為がお仙を溺死させたのではないにしても、なにかを隠しているのは確実であろう。

だが、伊織はお為が怪しいと指摘するのは遠慮した。

「先生、どうしたらよいでしょう」

文字苑がすがるように言う。

暗に、伊織にお為を尋問してくれと頼んでいるのかもしれない。

だが、さすがに伊織も引き受けるわけにはいかない。

「う～ん、私は町奉行所の役人でも、岡っ引でもないですからな。一介の町医者です。できることには、かぎりがあります。

しかし、なにかよい方法はないか、考えてみましょう。今夜ひと晩、考えさせてください」

そう言うと、伊織は辞去した。

二

「おい、戻ったぞ」

そう言いながら薬箱を上框《あがりかまち》に置くと、沢村伊織はふーっと大きく息を吐いた。

面倒なことに巻きこまれたな、と思う。いっぽうで、謎を解きたいという気持ちも芽生えていた。

夫の顔を見るなり、お繁が言った。

「門前に藤屋という一膳飯屋があるのですが、そこのお仙ちゃんという娘が不忍池で溺れ死んだそうです。今朝、死体が見つかったそうなのですがね。しかも、不忍池では昨日も、女の死体が見つかったそうですよ。立て続けなので、みな怖がっているとか。

近所の、小さな子どもがいる家では、

『不忍池に近づいてはいけないよ』

と、注意しているそうです。

なかには、河童がいるのではないかという人もいて、みな、気味悪がっているそうです」

下女のお熊《くま》が近所で聞きこんできて、さっそくお繁に教えたのだ。

町内の事件はすぐに伝わる。

とくに河童にいたっては、お熊が夢中になって聞き入っている様子が想像できた。戻ってくるなり、「ご新造《しんぞ》さま、大変ですよ」と、口角泡を飛ばす勢いでお繁にしゃべったのであろう。

伊織が座りながら言った。

「じつは、文字苑師匠の用件は、そのことについてだった。師匠の体調云々《うんぬん》は、私を呼ぶための口実だったようだ。

お仙は、文字苑師匠の弟子だったようだな。

ところで、そなたはお仙という娘を知っているか」

「はい、近所でしたからね。でも、歳が違ったので、一緒に遊んだことはありません。人なつっこい、かわいい子でしたよ」

「では、恵比寿屋という料理屋の、お為という娘は知っているか」

「近所だし、歳も近かったので、話をしたことはありますけどね。でも、それほど親しかったというわけではありません。かんばしからぬ噂もあったようですし
……」

お繁が口ごもった。

伊織が言葉に力をこめる。

「たとえ悪口になろうとも、この際、教えてくれ。お仙の溺死の真相がわかるかもしれぬのだ」

「そうですか、では。

お為ちゃんは尻軽というのでしょうか、男の噂が絶えなくて。ませていたのですよ。あたしなんぞ、馬鹿にされている気がして、ちょっといやでした」

伊織は妻がお為を「ませていた」と評するのを聞き、おかしかった。

お繁は下町育ちだけに、男女間のことについてはませていた。いわゆる耳年増《みみどしま》だった。子どものころから、友達同士で男女間の機微を平気で話題にしながら育ったのである。

だが、あくまで耳年増だっただけで、お繁が実際には身持ちが固かったのは、夫である伊織にはわかっていた。

「なるほど、そうか。やはり、疑問が生じるな」

そう言ったあと、伊織が文字苑から聞かされた話を伝える。

聞き終えたあと、お繁が言う。

「お師匠さんの力になってあげてくださいな」

「もちろん、力になれるなら、なってやりたいが。さて、どうしようかな。う〜ん」

伊織は腕組みをして、うなった。

医者の自分が、まさかお為を引き据えて尋問するわけにはいかない。お為が診察を求めてくれれば、その機会に尋ねることもできるが、そううまくは運ばない。

どうしたらよかろうと考えているうち、ハッと思いついた。

「そうだ、春更《しゅんこう》だ」

「春更さんが、どうかしましたか」

「うむ、春更に動いてもらおうと思う」

伊織がお繁に説明する。

春更は戯作者だが、本来の身分は武士だった。本名は佐藤鎌三郎《さとうかまさぶろう》といい、北町奉行所の与力《よりき》の腹違いの弟である。

兄が佐藤家の家督を継いだため、また本人は戯作を書きたかったこともあって屋敷を飛びだし、いまは須田町《すだちょう》の裏長屋で独り暮らしをしている。

戯作者といっても、戯作ではとても生活できないため、筆耕で暮らしを立てていたのだ。

また、春更は伊織の弟子を自称していた。実際にはなんの役にも立たぬ弟子だったが、伊織が町奉行所の役人に依頼されて検屍におもむくときなど、薬箱をさげて供をしていた。

春更は、伊織が死体の検屍をする場面を間近に見て、戯作に生かしたいと考えているようだった。

「実家に呼びだされるなど、いざというときのために、春更は武家の衣裳一式と大小の刀を柳行李の中に隠し持っているようだ」

かつて、伊織もかかわっていた事件に関して、春更は武士姿であちこち質問してまわったことがあった。そのとき、先方が勝手に町奉行所の役人と誤解し、うまくいったのだ。

伊織はそれを思いだしながら、

「よし、春更に武士のいでたちをしてもらおう」

と、尋問の手はずを決めた。

「あら、お武家の姿になった春更さんなど、想像がつきませんけどね」

お繁は春更が武士の家に生まれたことすら、信じがたいようだった。

参道のあたりから、

「蕎麦ぃ、蕎麦ぃ、ぶっかけ南蛮」

という、屋台の夜鷹蕎麦の声が聞こえてきた。

もう、外は真っ暗になっている。

これから外出するのは、伊織もちょっとためらった。

(しかし、早いほうがいいな)

夜であれば、春更も長屋にいるであろう。

「お熊、提灯の用意をしてくれ」

下女に支度を命じる。

伊織は提灯をさげ、須田町の長屋に春更を訪ねることにした。

三

店先に掛けられた看板には、

会席　　　湯島天神参道
御料理
即席　　　恵比寿屋弥七

と書かれていた。

春更は看板を眺めながら、

(恵比寿屋はここだな。ほう、会席料理も即席料理も出すのか。主人の名は弥七《やしち》か)

と、内心でつぶやく。

「会席料理」はコース料理、「即席料理」はその場で注文する料理である。

二階の座敷からは三味線の音や、笑い声が聞こえてくる。宴席が開かれているようだ。

春更は羽織袴の格好で、腰に両刀を差していた。足元は白足袋に草履で、菅笠《すげがさ》をかぶっている。

とはいえ、羽織も袴も、かなりくたびれていた。白足袋にいたっては鼠色に近くなっている。

昨夜、師匠の沢村伊織からは「できるだけ武張った恰好のほうがよいぞ」と言われていたのだが、春更としてはこれが精一杯だった。

というのも、生活は楽ではなく、ときどき、大小の刀を質入れしようか、いや、いっそ売り払おうか、と思うこともあるくらいだったのだ。

（まあ、せいぜい雰囲気で武張るしかないな）

春更は内心、よっしと気合を入れ、恵比寿屋の暖簾《のれん》をくぐる。土間に足を踏み入れた途端、若い者が寄ってきた。

「いらっしゃりませ」

「客ではない」

「へ、どういうご用件でございましょうか」

「お為という娘がおるな」

「へ、へい。お嬢さんでございますが」

「ちと、用がある。呼んでくれ」

「へい、あのぉ、お武家さまは、どちらから、いらしたのでございましょうか」

若い者は言葉は丁重ながら、警戒感があらわだった。

春更はここぞとばかり、額に深い縦皺《たてじわ》を刻み、渋面を作った。鏡を見て研究した表情である。

やや声も低くし、凄みを利かせる。

「北町奉行所の与力の弟で、佐藤鎌三郎と申す。早くお為を呼ばぬか」

若い者の顔から血の気が失せた。

春更はけっして嘘はついていない。正直に、与力の弟と述べた。

だが、若い者は春更を、北町奉行所の役人と誤解したに違いない。伊織の予想どおりだった。

「へ、へい。かしこまりました。少々、お待ちください」

そう言うや、若い者は土間に履物を脱ぎ捨て、板敷に跳びあがる。

足早に奥に入りながら、

「女将さん、女将さん」

と呼んでいた。

春更は土間に立ったままなのも不自然なので、菅笠を外し、板敷に腰をおろそうとした。

腰をおろす寸前、ハッと気づいて腰から大刀を鞘《さや》ごと抜いた。

以前、腰に大刀を差したまま茶屋の床几《しょうぎ》に腰をおろそうとして、鐺《こじり》がつかえて大失敗をしたことがあったのだ。

春更は板敷に腰をおろし、抜いた大刀をそばに横たえ、「う～む」と低くうなった。

気づいた女中が茶を持参し、おずおずとした様子でそばに置いた。

「どうぞ」

「うむ」

気難しそうな表情のまま、春更は軽くうなずく。

だが、軽く見られてはならないから、茶には手もつけない。

土間の横に台所があり、料理人や下女が忙しげに立ち働いている。膳を持った女中が階段をあがっていく。宴席の客に届けるようだ。

へっついの上の鍋では、魚の入った吸物を作っているらしい。隣のへっついでは、魚を塩焼きにしていた。魚の入った吸物を作っているらしい。

ややあって、四十前くらいの厚化粧をした女と、振袖姿の娘が現れた。女将と、その娘のお為であろう。

「あのう、娘になにか、お疑いがかかっているのでございましょうか」

女将が心配げに言った。

若い者は女将に「お奉行所のお役人」と告げたに違いない。これも、伊織が予期していたことである。

春更は不機嫌そうに言う。

「そのほうに用はない。用があるのはお為じゃ。お為は、そのほうか」

重々しく言いながら、春更はお為に目をやる。

十五歳と聞いていたが、とてもそうは見えない。十七、八歳と言っても通るであろう。化粧も、母親ほどではないが、かなり濃かった。

若々しさにあふれながら、淫蕩《いんとう》な雰囲気といおうか。男の心をとろかすような色気がある。春更も見ていて、胸苦しくなったほどだった。

「へい、為でございます」

いかにも殊勝に答える。

だが、意識していないにしろ、その口調や身振りには、男に対する甘えが滲んでいた。

「そのほうに、ちと尋ねたいことがある。ただし、ここで尋ねては奉公人の手前もあろう。

自身番に来てもらってもよいが、それでは目立つからな。そのほうに妙な評判が立っては気の毒だ。

う〜む、そうだな。では、湯島天神の境内で話を聞くのはどうか」

「へい、ようござります」

「よし。しかし、拙者と連れだって歩くわけにもいくまい。そのあたりは、わきまえておる。

では、拙者が先に行こう。そなたは、しばらくして、ここを出るがよい。境内で待っておるぞ」

春更は立ちあがるに先立ち、すかさず、そばに横たえていた大刀を手に取った。これも、以前、床几に大刀を置き忘れた失敗の反省からきている。

だが、帯に大刀を差そうとして、まごついてしまった。人に注視されているかと思うと、ますます動作がぎこちなくなる。

ついに帯に差すのをあきらめ、手に持ったまま恵比寿屋を出ることにした。

ところが、今度は菅笠を忘れているのに気づいた。

「うむ、では、先に出るぞ」

春更は重々しく言いながら、左手に大刀、右手に菅笠を持ち、通りに出た。

＊

湯島天神の境内には、菰掛《こもが》けの芝居小屋、料理茶屋や水茶屋、さらに楊弓場《ようきゅうば》もあり、多くの人でにぎわっていた。まさに、盛り場のにぎわいである。

春更が表門を入ったあたりから眺めていると、参道をお為が歩いてくるのが見えた。

（おや、駒下駄を履いている。

あれは）

お為の背後に、さきほどの若い者の姿があった。

本人は通行人にまぎれながら、目立たぬようにつけているつもりであろうが、春更からはよく見えた。おそらく女将に、やや離れた場所から見守るように命じられたのであろう。

お為が頭をさげた。

「お待たせしました」

「うむ、ここはあまりに人通りが多いから、ちょいと、人の少ない場所に行こう」

春更が先に立ち、境内のあまり人が通らない場所に行く。

若い者が見え隠れについてきているだろうと思ったが、春更は振り返ることはせず、気づいていないふりをした。

「さて、このあたりでよかろう。

そなたに尋ねたいのは、ほかでもない、常磐津文字苑師匠の弟子の、お仙のことじゃ。お仙が昨日の朝、不忍池で死体で見つかったのは知っているな」

「へい、人から聞きました」

お為の表情は変わらない。

質問はお仙のことであろうと、予想していたに違いない。

「お仙の行方が知れなくなった日、そなたとお仙は一緒に、不忍池の方角に歩いていたそうだな。それを見かけた人がいる。

どういうことか、ちゃんと説明しろ」

「ああ、そのことですか。あたしが歩いていると、稽古を終えたお仙ちゃんとばったり出会ったのです。そして、お仙ちゃんが、

『お姉ちゃん、どこへ行くの』

と言いながら、ついてきたのです。

あの子は人なつっこいのですが、相手の都合を考えないところがあって」

「そなたは、どこへ行くところだったのか」

「池之端仲町《いけのはたなかちよう》の『及川《おいかわ》』に買い物に行くところだったのです。鼻紙入れが欲しくって。不忍池に向かっていたわけではありません」

「ふうむ、袋物などで有名な及川は知っている。あいにく、拙者は及川で買い物をしたことはないがな。

それで、お仙を連れて及川に行ったのか」

「いえ、ついてこられると迷惑なので、

『今日はいろいろ寄るところがあるから、ついてきては駄目よ。帰りなさい』と言って、帰したのです。納得して、ひとりで帰っていきました」

「その場所は、どこだ」

「不忍池のずっと手前です。不忍池も見えませんでしたから」

「そのあと、そなたは及川に行って、買い物をしたのか」

そう質問したあと、春更はお為の目にかすかな狼狽があるのを見逃さなかった。

もし買い物をしたと言えば、その品を見せなければならなくなると、すばやく判断したに違いない。それなりに、利発なようだ。

「いえ、いろいろ見せてもらったのですが、高くって。それで、けっきょく、買いませんでした」

「では、そのあと、どうした」

「すぐに家に帰ってもおもしろくないので、下谷広小路をぶらぶらして、お団子やお汁粉を食べたりして、それから帰りました。もう、夕方近かったですね」

「しばらくすると、お仙の行方がわからないという騒ぎが伝わってきたろうよ。なぜ、そのときすぐに、お仙と途中まで一緒だったことを言わなかったのだ」

「別れたあと、お仙ちゃんはまっすぐ家に帰ったものだと思っていましたから。

いったん家に帰ったあと、お仙ちゃんはまた外出して、行方不明になったと思っていたのです」

お為が平然と言った。

春更はさきほどから、ひとつの疑念が芽生えていた。お為の色っぽさを見ていて生じた勘と言ってもいいかもしれない。

だが、軽々しく口にしてもいいものかどうか、ためらいもある。

（う～ん、しかし、戯作にするなら、こちらの筋立てのほうが断然、おもしろいよな）

そう思うと、春更の心は決まった。

ずばり、疑問を口にする。

「そのほう、お仙と出会ったとき、及川に行くところだったのではあるまい。もしかしたら、男に会いに行くところだったのではないのか」

「いえ、そんな、いえ、及川に行くつもりだったのです」

お為はあきらかに動揺していた。

ここを突破口にしなければならない。

春更は内心でうなる。

（さあ、これからが肝心だぞ）

岡っ引の辰治なら、すかさず怒鳴り声をあげてまず恫喝《どうかつ》しておいて、それから

ものわかりのよさそうな口調で、じわりじわりと自供に追いこんでいくところで

あろう。

だが、春更には怒鳴り声をあげて十五歳の娘を恫喝するなど、とてもできない。

だが、辰治と付き合うなかで、それなりに手法を学んでいた。それを応用する

ことにする。

「ふうむ、正直に答えないのなら、自身番に来てもらうしかないな。自身番であ

らためて尋問しよう。気の毒だが、今夜は家には帰れないかもしれないぞ。覚悟

しておいてくれ。

では、自身番に来てもらおうか」

春更が歩きだすかまえを見せる。

お為の顔から血の気が失せていた。

「お、お待ちください。

お父っさんに知れると大変なことになると思ったものですから、つい。うちの

お父っさんは頑固で、厳しいものですから。

つい、誤魔化してしまいました。申しわけございません。

本当のことをお話ししますので、自身番は勘弁してください」

「ほう、本当のことをしゃべるのだな」

「へい、なにもかも、お話しします」

そう言いながら、お為がさりげなく、あたりを見まわしている。

恵比寿屋の若い者が見守っているのは、心得ていたのであろう。しかし、いまになっては心強いというより、迷惑な存在なのかもしれない。

ドンドン、ドン、ドン、と太鼓の音が響いてくる。芝居小屋からであろうか。

大道易者の口上も聞こえてくる。


「じつは、ある人と会う約束をしていたのです」

ついに、お為が本当のことを言った。

春更は快哉《かいさい》を叫びたい気分だったが、渋い表情をつらぬく。

「それでは、わからぬ。ある人とは、どこの誰だ」

「言わなければ、いけませんか」

「あたりまえだ。お奉行所のお役人の調べは厳密だぞ。拙者もそれに倣《なら》っておる。

つまり、おたがいの言い分を照らしあわせるためじゃ。そのほうがいくら誤魔化しても、あとで男の話を聞けば、誤魔化しはすぐにばれるからな」

かろうじて、春吏は嘘を言うのを回避した。少なくとも、自分が役人だとは言っていない。

お為は下を向き、つらそうに言う。

「へい、門前町にある『伊勢七《いせしち》』という薬屋の若旦那で、秀一《しゅういち》さんといいます」

「何歳か」

「十七です」

「ふうむ、その秀一と、どういう約束をしていたのか」

「不忍池のほとりで待ちあわせて、一緒に『福田』に行こうと」

「福田とは、なんだ」

「茶屋です」

「茶屋だと。おい、七十の男と五十の女ではないぞ。十七の男と十五の女だ。まさか、男と一緒に水茶屋の床几に仲良く腰かけて煎茶を呑み、茶飲み話をするつもりではなかろうよ。

茶屋とは、出合茶屋《であいちゃや》ではないのか」

春更が語気鋭く追及した。

出合茶屋は、男女の密会場所である。不忍池の周囲に多かった。

お為が顔を赤らめた。

「へい、出合茶屋です。秀一さんが行こう、行こうと誘うので、あたしも断りきれなくて、ついていったのです」

秀一とお為は出合茶屋で、まわりを気にすることなく、性を享楽しようとしていたのだ。

春更も若いだけに、心穏やかならぬものがある。だが、感情を押し殺し、尋問を続ける。

「不忍池のそばで秀一に会ったのか。そのあたりを、くわしく言え」

「へい、秀一さんに会ったときも、まだお仙ちゃんが、あたしにまとわりついていましてね。秀一さんが顔をしかめ、小声で言うのです。

『おい、なんだ、その小娘は』

『一膳飯屋の藤屋の子だよ。あたしを見て、ついてきちゃったのさ』

『ああ、藤屋の子か。追い返せよ』

『あたしもさっきから、帰りなと言っているのさ。でも、ついてきたんだよ。しようがないじゃないか』

『その子がいたら、福田には行けねえぜ』

『そりゃ、そうだけどね』

『よし、まいてしまおう』

『どうするのさ』

『隠れるのよ。そうすれば、あきらめて家に帰るだろうよ』

『こんなところで、ひとりで放りだしては、可哀相だよ』

『ここからだったら、ひとりで帰れるさ。さあ、走るぞ』

そう言って、秀一さんがあたしの手を取って、走りだしたのです。そして、さっと木の陰に隠れたのです」

「お仙はどうした」

「『お姉ちゃん、お為ちゃん』と言いながら、追っかけてきました。それで、あたしと秀一さんは中腰になって身を隠しながら、とにかく逃げたのです。

そのうち、お仙ちゃんの声がだんだん小さくなってきて、ついに聞こえなくなりました」

春更は、そのとき、お仙が足を踏み外して池に落ちたのだと思った。

すぐ駆けつければ、助けられたかもしれない。だが、口元まで出かかった難詰《なんきつ》の言葉をぐっと抑える。ここで、相手の口をつぐませてはならない。

「ふうむ、それからどうした」

「あたしは急に心配になって、

『見てこようか』

と言ったのです。

でも、秀一さんが、

『なぁに、心配することはねえや。あきらめて、家に帰ったのさ。さあ、行こうぜ』

と言うものですから、あたしも押しきられて」

「出合茶屋の福田に行ったわけか」

「へい、さようです」

「福田を出たのは、どれくらい経ってからか」

「もう、日が暮れかかっていました。それで、急いで家に帰ったのです。ふたりのところを人に見られたくないので、別々に帰りました」

「近所で、お仙の行方が知れないと騒ぎになっていなかったか」

「へい、聞こえてきましたが」

「お仙と不忍池の近くで別れたことは、言わなかったのだな」

「へい、あのあと、お仙ちゃんは家に帰ったと思っていたものですから」

お為はうつむいている。

やはり、自責の念はあるようだった。

というより、いまになって、罪悪感がこみあげてきているのかもしれない。

春更は、「もう、帰ってよいぞ」と言いそうになって、はっと気づいた。お為が連絡する前に、秀一を尋問しなければならない。

「よし、今日のところはこれまでとしよう」

「あ、あのう、あたしはお咎めを受けるのでしょうか」

「さあ、拙者はなんとも言えぬな。もし、お奉行所から召喚状がきたら、つまり呼びだしがきたら、逃げ隠れせずに出頭せよ」

春更としては、精一杯のお灸をすえたつもりである。

お為は顔が強張っていた。奉行所に呼びだされるのを想像しているのであろう。

「では、拙者は先に行くぞ。

そなたは、若い者に付き添われて家に帰るがよかろう」

春更が歩きだすと、恵比寿屋の若い者があわてて木の陰に身を隠すのが見えた。

四

湯島天神の参道の外れに、その店はあった。

暖簾には、紺地に白く「いせ七」と染め抜かれている。

春更が暖簾を眺め、

（ここだな）

と、うなずいたとき、暖簾をくぐって、ふたりが中に入っていく。

ひとりは、振袖姿で駒下駄を履いた、十四、五歳くらいの美しい娘だった。たんに美人というだけでなく、一種の妖艶さがただよっている。

もうひとりは二十歳くらいの男で、着物を尻っ端折りし、紺の股引を穿いていた。

春更はハッとした。

（陰間だ）

娘のいでたちをしているが陰間で、本当は少年だった。供の男は、陰間茶屋の若い者であろう。

湯島天神の門前には陰間茶屋が多い。春更は沢村伊織の家を訪ねるたび、陰間を見かけることはあった。だが、これほど近くで見るのは初めてである。

またもや、春更はハッと気づいた。

(なんだ、伊勢七は通和散《つうわさん》で有名な店ではないか)

お為が伊勢七と言ったとき、春更はなんとなく引っかかるものがあった。だが、そのときは気づかなかった。

通和散は、陰間が肛門性交のときに用いる潤滑剤である。伊勢七の通和散は品質がよいとされていた。

ということは、陰間は通和散を買いにきたのだろうか。

春更はややためらった。

(男色が好みで、通和散を買いにきたと思われないかな)

そう考えると、ちょっと恥ずかしい。

しかし伊勢七は薬屋なので、通和散だけを置いているわけではない。

思いきって暖簾をくぐり、土間に足を踏み入れる。

陰間は板敷に腰をおろし、番頭らしき初老の男と話をしていた。供の若い者は土間に立っている。

手代らしき男が、すぐに春更の応対をする。

「いらっしゃりませ」

「秀一はいるか」

「へ、若旦那でございますか」

「うむ、ちょいと呼んでくれ」

「えー、お武家さまは、若旦那にどのようなご用件でございましょうか」

春更はもう、町奉行所の役人と誤解させる小細工はやめ、

「佐藤鎌三郎と申す。『茶屋の福田の件』と言えば、わかるはずじゃ」

と、強気に言い放つ。

「へい、少々、お待ちくださいい」

手代があわてて奥に入っていく。

春更が横目でうかがうと、番頭が陰間に紙包みを手渡している。

（通和散だろうか）

春本で読んで、名称と効能こそ知っていたが、春更はまだ通和散を使ったことはおろか、見たこともなかった。

（う〜ん、戯作を書くときのために、少なくとも一度は手にしたほうがよいな）

そんなことを考えていると、秀一が現れた。

色白で細面の色男を想像していたのだが、かなり違った。もちろん、色男と言ってもよい目鼻立ちなのだが、顔が大きかった。

秀一がきちんと膝をそろえて座った。

「あたくしが秀一でございますが。あたくしに、なにかご用でございますか」

「うむ、お為と福田のことについて、てめえと話がしたくてな。拙者はここでも、いっこうにかまわぬが。かなり微妙な話になるがな。どうじゃ」

秀一は顔色を変え、

「いえ、ここは、ちと、差し障りがございますので。できれば、外でお願いできましょうか」

と、やや、震え声で言った。

かなり動揺している。

動揺のあまり、相手の身分を確かめようともしない。

春更は内心、岡っ引の辰治の手法がかなり身についてきたなと、ほくそ笑む。

しかも、こうした駆け引きの機微は、戯作の会話にも応用できそうである。

「そうか、では、拙者は外で待っておる。そうだな、一膳飯屋の藤屋の前あたりではどうか」

「へい、かしこまりました」

そう答えながら、秀一の顔は青ざめていた。


藤屋は店を閉じていた。

昨日、娘のお仙の死体が見つかった。家人はみな、菩提寺に出向いているのであろう。

春更が立っているところへ、下駄履きの秀一がやってきた。

「お待たせしました」

「ここで、立ち話とするか」

「いえ、ここでは、あまりに目立ちますから」

秀一があわてて言った。

たしかに、閉店している一膳飯屋の前で、武士と町人が立ち話をしているのは目立つ。さらに、秀一には藤屋の前は、心理的抵抗があるに違いない。

「こちらにどうぞ」

秀一が案内したのは、参道にある葦簀《よしず》掛けの水茶屋だった。

話が漏れ聞こえる点では感心できない場所だが、春吏は相手が選ぶのであれば、それはそれでかまわぬと思った。

並んで床几に腰をおろす。

数脚ある床几は、ほぼ客で埋まっていた。ほとんどは湯島天神の参詣帰りの男女であろう。

茶屋女が運んできた煎茶で喉を湿したあと、春吏が言った。

「恵比寿屋のお為から、福田に行った話はいちおう聞いた。今度は、そのほうの口から話してもらいたい」

「へい、かしこまりました」

秀一は春吏を、役人と思いこんでいるようだった。

お為と不忍池のほとりで待ちあわせたこと、お仙という邪魔者がいたため困ったこと、お為とふたりで姿を隠し、お仙を置き去りにしたことを語った。

その内容は、お為の話と一致していた。

ふたりが口裏を合わせる機会はなかったのだから、お為と秀一の供述は本当と判断してよかろう。

「なるほどな。そのほう、十歳の女の子を置き去りにして、胸は痛まなかったのか」

「悪いなとは思ったのですが。でも、あそこなら、ひとりで家に帰れるはずですから、へい」

「それくらい、福田に早く行きたかったわけだな」

「いえ、へい、まあ」

秀一が顔を赤らめた。

ややあって、恐るおそる問う。

「佐藤さま、あたくしは罪に問われるのでございましょうか」

「そうよなぁ。

そのほうとお為がしたことは、けっして褒められたことではない。しかし、罪に問うことはできまいな」

春更は苦々しい気分はあるが、やはり秀一とお為を罰《ばっ》することはできまいと思う。まして、自分は役人でもない。

（戯作なら、ふたりにぎゃふんと言わせる展開にできるがな）

秀一は、春更が物思いにふけっている様子を見て、

「さようですか」

と言った。内心では、ほっと安堵のため息をついているようである。

安堵のせいか、口が軽くなる。

「佐藤さま、ちと気になることがあるのでございますが」

「なんだ、言ってみろ」

「福田を出る前、なにげなく窓の障子を細目に開けて、外をのぞいたのです。窓の外は不忍池だったのですが、近くの岸辺が見えましてね。

ぼんやり眺めていると、草むらから男が出てきまして。おや、なにをしているのだろうと思って見ていると、男が女らしき身体を引きずっていき、水の中に沈めてしまったのです」

「えっ、おい、それがお仙ではなかったのか」

春更は胸の動悸が早くなった。

となると、お仙は事故死ではなく、殺されたことになる。

秀一は首を横に振り、断言する。

「いえ、お仙ちゃんではありません。子どもの身体ではありませんでしたから」

「お為は見たのか」

「いえ、見ていません。あたくしが外を眺めているとき、化粧を直していましたから」

「う〜ん、そのほう、大変なことを目撃したな。男が女を殺し、不忍池に沈めたに違いないぞ。一昨日、同じく不忍池で見つかった女の死体が、おそらくその女だろうな」

春更は、昨夜、伊織から聞かされたことに言及する。

秀一がうなずく。

「へい、不忍池で立て続けに死体が見つかったわけでして。

あたくしも、一昨日、女の水死体が見つかったという噂を耳にしまして、自分が見たのは、そのときの光景ではなかろうかと、気にはなっておったのです」

「おい、自身番には届けたのだろうな」

「いいえ、お届けしておりません。いま、初めて佐藤さまにお話ししたのです」

「なぜ、届けなかった」

「お仙ちゃんが行方不明になる騒ぎがあったものですから。なまじ、そんなことを届け出ると、あたくしが疑われかねませんから。目立ちたくなかったのです。

それで、つい。申しわけありません」

秀一なりに、お仙を置き去りにしたことを気に病み、しかも自分が疑われることを恐れていたに違いない。無理もないと言えよう。

春更は重々しく、

「遅くなったとはいえ、目撃したことを申し出たのは、褒めてとらすぞ」

と言いながら、自分が役人になった気がしてきた。

「佐藤さま、じつはもう一点ありまして」

「ほう、なんだ。そのほうは、なかなか目がいいようだな」

「じつは、女を沈めていた男を、どこかで見かけた気がするのですよ」

「どこの誰だ」

「それが、思いだせないのです。頭の中でももやもやしているのですが、どうしても思いだせません。道でバッタリ出会ったら、『あっ、この男だ』と、思いだすかもしれませんが」

「ふうむ、なんとも焦れったいな」

「へい、あたくしも、焦れったいのですが」

「では、思いだしたら知らせてくれ」

「へい、では、どちらにお知らせすればよろしいでしょうか」

ここにいたり、春更も返答に窮した。

まさか、住まいは須田町の裏長屋とは言えない。

「うむ、そうだな。そのほうに手間を取らせるのも気の毒だ。では、こうしよう。町内に、沢村伊織という蘭方医が住んでいるのは知っておるか」

「へい、存じております。町内の裏長屋の床下から見つかった白骨の謎を、見事に解決したとかで、評判です」

「その沢村どのとは懇意にしておってな。月に少なくとも三度は会っておる。沢村どのに伝言してくれれば、拙者にすぐに伝わる」

「へい、かしこまりました」

「それはそうと、そのほうが見た、男が女を沈めた場所は覚えておるか」

「へい、おおよその場所は、わかります」

「よし、これから案内してくれ。念のため、確かめておきたい」

春更は秀一をうながし、不忍池に向かった。

五

現われた春更を見て、沢村伊織がやや眉をひそめた。

「昨日、お為に話を聞いたあと、そなたが私の家に寄ると思って、待っていたのだが」

須田町にある、モヘ長屋と呼ばれる裏長屋の一室である。

長屋の持ち主から部屋を提供され、伊織は一か月に三回、一の日（一日、十一日、二十一日）に、長屋の住民を対象とする無料診療所を開いていた。

春更はモヘ長屋に住んでいたことから伊織と知りあい、押しかけ弟子になったのだ。

土間に立った春更が、部屋の中を見まわした。

「まだ、患者はいないようですね」

「うむ、まだ来ていないから、かまわぬぞ」

「はい、それでは」

春更は部屋にあがってくるや、伊織の前に座った。

さっそく、下女のお松《まつ》が茶を出す。お松も一の日、長屋の持ち主が雑用のために派遣していた。

「先生、申しわけないです。寄るつもりだったのですがね。お為に話を聞き、そのあと、秀一という男にも話を聞いたのです。ふたりに顔を知られてしまいましたからね。先生のところに出入りするのを見られてはまずいと思ったものですから、そのまま帰ったのです」

「ほう、そうだったのか。それで、なにかわかったのか」

「いや、もう、大変なことがわかりましたよ」

もったいぶるかのように、まずお松が出した茶をゆっくりと飲んだ。

そして、お為と秀一の告白を述べる。

その話し方は手際がよい。まるで、戯作の筋を説明しているかのようである。しかも、描写も秀逸で、自分がその場に立ち会っているような気になるほどだった。

伊織は傾聴しながら、よく相手の話を引きだしたと感心した。とくに、秀一にたどり着いたのは大手柄と言えよう。

語り終えるや、春更が言った。

「というわけなのですが、お為も秀一も、わたしの登場を予期していませんでした。ということは、ふたりは事前に口裏合わせをしていません」

「うむ、それでいて、ふたりの言い分に矛盾がない。すなわち、真実と見てよかろうな」

「はい、わたしもそう思います。しかし、十歳の女の子を置き去りにしたのですからね。お仙は必死になってお為を探し、追いかけているうち、水にはまったと思われます。

お仙と秀一が直接手をくだしていないにしても、間接的にはふたりが死に追いやったと言ってよいのではありますまいか」

「う〜ん、難しいな。まったく責任がないとは言えぬであろうが、ふたりのせいと断罪するのも忍びない気もするな。

遠方で見捨てたのならともかく、不忍池のほとりなら、十歳の女の子でも充分に門前の家に帰ってこれるからな。ふたりはとにかく、福田に行きたかったわけだ。

まあ、言うなれば、若い男と女の思慮のない行動が、思わぬ悲劇を生んだということだろうか」

そう言いながら伊織は、長屋の住人のお民《たみ》が上框に座り、お松と話しこんでいるのに気づいた。

お民はほとんど毎回、あちこちの調子が悪いといって診察を受けに来るが、本当の目的は亭主の愚痴をこぼすことのようだった。しかも、しゃべりだすと際限がない。

本来であれば患者を優先させなければならないのだが、伊織はお松が相手をしているため、お民を待たせておくことにした。


ふところを探っていた春更が、紙包みを取りだし、伊織の前で広げた。

中には、黄楊《つげ》の櫛《くし》が入っていた。見ただけで、新品でないのはわかる。

「その櫛がどうかしたのか」

「これから、くわしく説明しますが、この櫛は不忍池の水辺に落ちていたのです」

「ほう、しかし、十歳の女の子がそんな櫛を髪に挿していたとは思えぬぞ」

「もちろん、溺死したお仙の物ではありません。ご覧ください」

春更が櫛の意匠を示した。

植物の茎と実が彫られている。

「南天の実です」

「ほう、それは南天の実なのか」

「はい、南天は、『難を転じる』に通じ、縁起がいいとして、好まれるのです。このことからしても、挿していたのは年増の女の気がします。それはともかく、秀一がとんでもない暴露をしましてね」

春更が、秀一が福田の窓から目撃した情景を述べた。

聞きながら、秀一が伊織も俄然、興味が湧き、思わず身を乗りだす。

「ほう、死体を放りこんだ疑いがあるな」

「はい、それで、わたしは秀一に、その場所に案内させたのです。秀一が目撃した日からすると、昨日は五日目です。でも、もしかしたらという期待がありましてね」

「それは感心だ。それにしても、その秀一とやらはずいぶん、そなたに協力的だな」

「わたしは春更ではなく、佐藤鎌三郎でしたから」

「ああ、そうだったな」

伊織は笑いだす。

自分が春更に武士のいでたちをさせたのを、すっかり忘れていた。

春更の語り口は、いよいよ熱をおびる。

「水辺に行き、地面を見ると、五日経っていたとはいえ、かなり重い物を引きずった跡がかすかに残っていました。しかも、その跡は水際まで続いていました。わたしも興奮してきましてね。

水面をのぞきこんだのですが、水がかなり濁っているのと、蓮の葉が水面を覆っているだけで、とくに変わった点はありませんでした。そこで、引きずった跡をたどりながら、周囲を調べたのです。そして、この櫛が草に隠れていたのを見つけました。引きずられていくとき、頭の髪から落ちたのではないでしょうか」

「うむ、おそらく、そうだろうな。ほかに気づいたことはないか。たとえば、草の葉っぱに血痕が付着していたとか」

「いえ、血はありませんでした」

「ふむ、そうか」

伊織は、自分が虫眼鏡で子細に点検したら、もっとわかったかもしれないと思ったが、口には出さない。

（しかも、今朝の明け方は、かなり激しい雨だったからな）

もし、なんらかの痕跡が残っていたとしても、今朝の雨ですべて流されてしまったであろう。春更の観察に頼るしかない。

「夜だったら、ほかで殺害し、死体を不忍池に運んできたことも考えられるが、秀一が出合茶屋の窓から目撃したくらいだから、まだ明るかった。ということは、人目につかない木陰などで絞め殺し、そして水辺まで引きずっていったのであろう」

「先生、これから、どうすればよいでしょう。岡っ引の辰治親分に頼みましょうか」

「じつは三日前、お仙の溺死体が見つかる前日だが、二十代くらいの女の水死体が不忍池で見つかったらしいのだ。私は見ておらぬがな。

その女が、秀一が目撃した死体とも考えられるな」

「はい、秀一もそれを疑っているようでした」

「とすると、辰治親分の耳に入れておいたほうがよいかもしれぬな」

伊織はいつのまにか、お民のほかにふたりが待っているのに気づいた。

もう、これ以上、待たせるわけにはいくまい。また、自分のあとにふたりいると知れば、お民も長話を遠慮するはずだった。

「ともかく今日は、ここまでとしよう。私は患者の相手をせねばならぬ」

伊織は春更に打ち切りを告げた。

「わかりました。では、なにか進展がありましたら、また」

帰ろうとする春更に、待っていたお民ら長屋の住人たちが口々に声をかける。

「おや、春更さん、どうしたんです」

「ずいぶん、長い診察でしたが」

「書き物に、根をつめすぎではないのですか」

こうなると、春更としても、患者を待たせて殺人談義をしていたとは言えない。

「いや、ちと、このところ体調がすぐれぬもので」

さも痛みに苦しんでいるかのように、春更はおおげさに胸を手で押さえている。

その様子を見ながら、ちょっと演技が過剰だなと、伊織は苦笑した。

それにしても、春更が長屋の住人に親しまれているのがわかる。みな、「春更さん」と気軽に声をかけているが、町奉行所の与力の弟と知れば、きっと驚くであろう。

第三章　縊《い》　死《し》

一

「首吊りか、それとも絞め殺されたのか、ということなのですがね。要するに、自殺なのか、殺人なのか。そこが謎でしてね」

岡っ引の辰治が最後に、重々しく「謎」と付け加えた。

湯島天神門前にある、沢村伊織の自宅兼診察所である。

辰治は死体の検屍を頼みにきたのだが、こういう言い方をすれば、伊織が俄然、興味を抱くと心得ているらしい。

「ふうむ、場所は池之端仲町ということでしたが」

伊織が問い返した。

聞き覚えのある町名だと思ったが、どのあたりなのかピンとこなかった。

横から、妻のお繁が言った。

「あら、池之端仲町といえば、錦袋円《きんたいえん》を売る、勧学屋《かんがくや》のあるところではなかったですか」

「さようです。さすが、ご新造さんは湯島天神門前で育っただけはありやすね。娘さんのころ、勧学屋の若い奉公人を迷わせたんじゃありやせんかい」

辰治がニヤニヤしながら言う。

薬屋の勧学屋は、男だけの世帯として知られていた。表七間（約一二・七メートル）の間口はすべて格子作りで、その隙間から薬や代金の受け渡しをする。その独特の造りは、江戸名物のひとつでもあった。

伊織も錦袋円と聞いて、すぐにわかった。

蘭方医だが、漢方医の家に生まれ、幼いころは漢方医になる教育を受けていた。漢方薬全般の知識はある。

錦袋円は痛み止め、気付け、毒消しなどに効果があるとされる丸薬で、万病に効くとも言われていた。

「ああ、わかりました。錦袋円の勧学屋のあるところですか。私も勧学屋の前を歩いたことはありますぞ。表の格子が独特でしたね」

「へい、あれは、まるで吉原の妓楼の張見世《はりみせ》ですぜ。ただし、格子の内側にいるのは、吉原は花魁《おいらん》、勧学屋は野郎ばかりという違いがありやすがね」

辰治は自分の冗談に自分で笑っている。

伊織は以前、吉原で開業していたことがあり、もちろん張見世の光景は見慣れていた。だが、とくに冗談に付き合うつもりはない。

「勧学屋のあたりだと、ここからはごく近いですな」

「へい、ここ湯島天神門前から池之端仲町まで、歩いても『ちょんの間《ま》』ですぜ」

ちょんの間とは、短時間の遊びをする女郎屋のことである。転じて、早漏気味の性交や、あわただしい性行為を意味することもあった。辰治の冗談は、相変わらず下品である。

しかも、ことさらにお繁の前で卑猥なことを話題にするのが、とくに愉快らしい。人が眉をひそめるのに愉悦を覚えるという、厄介な性格だった。

伊織は相手の冗談は無視して、

「患者が来ると、私も動けなくなります。いまなら、ちょうど患者がいないので、すぐに出ましょう」

と、さっそく外出の準備をする。

弟子の長次郎が言った。

「お供をしますか」

「長さん、先生が手当てをしても、おそらく生き返ることはないと思うぜ。早くも身体のまわりを、蝿が飛び交っているだろうよ。そろそろ、臭いはじめるという頃合いかな」

辰治は笑いをこらえている。長次郎をからかうのも愉快なのであろう。

伊織が長次郎に言った。

「検屍だから、薬箱は必要あるまい。虫眼鏡と鑷子《せっし》を持っていこう」

「はい、かしこまりました」

長次郎が薬箱から虫眼鏡と、鑷子と呼ばれるピンセットを取りだして渡す。

伊織は虫眼鏡と鑷子を袱紗《ふくさ》に包み、ふところにおさめながら言う。

「では、そなたは供はしなくてもよいので、私が戻るまでに、甘麦大棗湯《かんばくたいそうとう》を完成させておきなさい」

辰治が訪ねてきたとき、患者がいない間を利用して、伊織は長次郎に手伝わせながら、甘麦大棗湯を作っているところだったのだ。

夜泣きやひきつけがやまないという子どものための処方で、小麦《しょうばく》、大棗《たいそう》、甘草《かんぞう》を配合して作る。甘い味なので、子どもにも飲ませやすい薬だった。

長次郎は「はい」と返事をしたが、いささか残念そうである。やはり、死体を見たいという気持ちがあるのであろう。

「では、親分、行きましょうか」

「へい、ご案内しますぜ。道々、いきさつを説明しますよ」

「行ってらっしゃいませ。診察を求める人が来たら、往診に出ていると言っておきます」

お繁が夫を見送りながら言った。

＊

漢方医は剃髪《ていはつ》して頭を丸め、黒羽織を着て、腰には脇差を差すのが一般的である。

だが、蘭方医の伊織は剃髪せず、総髪にしていた。黒羽織は着ていたが、脇差は差さず、竹の杖を手にしている。足元は白足袋に草履だった。

いっぽう、辰治は縞の着物を尻っ端折りし、紺の股引を穿いていた。足元は黒足袋に草履である。十手はふところにおさめていた。

「池之端仲町に、袋物の及川という店がありやす。通人の間では有名で、及川であつらえたと言えば、自慢できるようですぜ。あいにく、わっしは縁がないですがね」

歩きながら辰治が言った。

袋物は、鼻紙入れ、煙草入れ、巾着《きんちゃく》、手提げなど、日用の袋状の入れ物の総称である。趣向を凝らした品を、金を惜しまず及川に特別注文する通人は少なくなかった。

伊織も歩きながら、

「ほう、私も縁がないですな」

と言ったが、ふと、昨日の春更の報告を思いだした。

春更の話に、及川が出てこなかっただろうか。

恵比寿屋の娘のお為は、ついてくるお仙を家に帰したあと、及川に行ったと供述していたのではなかったか。もちろん、及川に行くのは嘘だった。本当は、お為は伊勢七の若旦那の秀一と、出合茶屋の福田に行ったのである。

及川はたんに口実に使っただけであり、お仙の溺死とかかわっているわけでもない。

だが、いま、その及川に向かっている。

(妙な偶然だな)

伊織はちょっと不思議な気がした。

「おや、先生、どうかしましたかい」

「いえ、ちょいと思いだしたことがあるのですが、たいしたことではありません」

ここで、お為の件を持ちだすとややこしくなる。とくに出合茶屋に言及すれば、辰治の独壇場で、卑猥な冗談を連発するに違いない。それを考え、伊織はとりあえず話題にするのは避けた。

「その及川で事件が起きたのですか」

「へい。今朝早く、わっしの家に、池之端仲町の自身番から知らせが来やして、『町内で死体が見つかりました。親分、検分をお願いします』

ということでした。

また、使いの者が言うには、

『どうも、殺されたようでございます。お奉行所のお役人に検使をお願いするつもりです』

ということなので、わっしは自身番に行って、鈴木の旦那が巡回に来るのを待っていたのですよ。

例によって、鈴木の旦那が刀を閂差《かんぬきざ》しにして、刀の柄《つか》に黒縮緬の羽織の袖を乗せ、雪駄をチャラチャラ鳴らしながら自身番に現れやしたよ。わっしの顔を見るや、開口一番、

『おう、辰治か。てめえがいるってことは、ふうむ、察しはつくぞ。う～む、今日は、どんな魚だ。生ものか、焼きものか、漬けものか、それとも骨だけか』

ですからね。

及川の主人の作左衛門《さくざえもん》も自身番に控えていたのですが、旦那の言葉に面喰うと言いますか、顔が引きつっていましたよ」

「鈴木さまの毒舌は相変わらずですね。生ものは死んで間がない死体、焼きものは焼死体でしょうが、漬けものはなんでしょうか」

「おそらく水死体、つまり土左衛門のことでしょうな」

「なるほど、水に浸かっていたので、漬けものですか。つい最近、不忍池で立て

続けに見つかりましたからね」

「そこで、わっしが、

『旦那、今日は生もののようですぜ。この時季、生ものは傷《いた》みやすいんで、早めにお願いしやすよ』

と言って、それから鈴木の旦那と供の金蔵、わっし、それに作左衛門と町役人の、合わせて五人で及川に行ったわけです。

殺されたのは及川の、宗兵衛《そうべえ》という手代なのですがね。明け方、店の蔵の前で倒れているのを奉公人のひとりが見つけ、それから大騒ぎになり、自身番に届け出たというわけです。

死体を見て、すぐに絞め殺されたのはわかりやしたよ。首のまわりに、筋ができていましたからね」

「ほかに傷はなかったのですか」

「鈴木の旦那とわっしで、宗兵衛の死体を丁寧に見ていったのですがね。頭に殴られた跡はないし、身体に刃物傷もありやせんでした。絞め殺されたに違いないのですが、わっしはちょいと引っかかるものがありやしてね。

首に残った筋が、首吊りのときの形に似ているのですよ。わっしはこれまで、首吊り死体は何度も見ていますからね。

　そこで、わっしが、

『旦那、ちょいと気になることがありやすが』

と、ささやいたところ、鈴木の旦那がわっしを蔵の陰に引っ張っていきました。

そして、作左衛門や町役人に聞こえないよう、小声で言うではありやせんか。

『てめえの言いたいことはわかる。あれは絞め殺したのではない。首吊りだ。

だとしたら、妙だと思わぬか。

絞め殺したのを、首吊り自殺に偽装するのならわかる。だが、逆だぞ。首吊りした死体をわざわざ下におろし、絞め殺されたように偽装したことになる。

殺人を自殺に偽装したのなら、これから及川の連中を厳しく尋問して、殺した人間を捕らえなければならぬ。

ところが、自殺をなぜ殺人に偽装するのか。なにか事情があるようだな。

だが、拙者が尋問して嘘をあばくと、作左衛門をはじめ、手を貸した及川の奉公人全員を、町奉行所の役人を欺《あざむ》こうとしたとして、召し捕らなければならなくなる。できれば、そこまで事を大きくしたくない。

てめえ、沢村伊織先生に頼んで検屍をしてもらえ。もし、変わったことがあれば、今夜にでも八丁堀《はっちょうぼり》の拙者の屋敷に来てくれ』

そして、鈴木の旦那は作左衛門と町役人に、

『ちと、拙者にもわかりかねる点があります。ここは、蘭方医にあらためて検分してもらいましょう。あの有名なシーボルトの弟子だった蘭方医でして、検屍の名人ですぞ。これまでもたびたび真の死因を見抜き、下手人の捕縛につながっておりましてな』

と告げるや、供の金蔵を従えて、さっさと次の巡回に行ってしまいやした。

そこで、わっしは、

『死体は動かすんじゃねえぞ』

と厳命しておいて、先生を呼びにいったわけですよ」

「そうだったのですか」

いきさつを聞くと、同心の鈴木順之助はあまりに無責任のようである。

だが、伊織はこれまでの付き合いから、鈴木は一見、無責任のようでいて、実際は深謀遠慮《しんぼうえんりょ》があり、人情味もある人物なのを知っていた。

ともかく、鈴木の要望する検屍をおこなうつもりである。

「先生、錦袋円の勧学屋ですぜ」

「相変わらず、客は多いようですね」

格子の前に老若男女が立っていた。格子越しに代金を渡し、錦袋円を受け取っている。

なかには、旅姿の男もいた。錦袋円を国元への土産にするつもりだろうか。

「及川はすぐそこですぜ」

辰治が声に力をこめた。

二

軒先に吊るされた看板には、

御鼻紙袋
　　新形しなぐ〳〵
御たはこ入

と記されていた。

だが、表戸はすべて閉じられている。奉公人に死者が出たからであろう。臨時休業というわけだった。

岡っ引の辰治が腰をかがめ、表戸の端にもうけられた潜り戸をドンドンと叩いた。

中から、男の声がする。

「申しわけありません、ちょいと事情がありまして、休業いたしております」

「開けてくんな。検屍の先生のご到来だ」

「へい、失礼いたしました」

すぐに潜り戸が開いた。

辰治、そして沢村伊織と、潜り戸をくぐって店にあがる。

表戸をすべて閉じているため、店内は薄暗かった。

仕切りの長暖簾を手で払い、廊下伝いに奥に入る。

途中、作業場らしき広い部屋があった。七、八人の職人が黙々と袋物を作っている。店としての営業は休んでも、職人の仕事は続けられていた。

廊下から中庭におりる。

地面に筵が敷かれていた。筵の下が、死体であろう。

待ち受けていた作左衛門と町役人に、辰治が言った。

「こちらが、蘭方医の沢村伊織先生だ。町奉行所のお役人も一目置いている先生だからな」

作左衛門と町役人は挨拶を述べ、頭をさげたが、その表情には不満があらわだった。

検使を願ったにもかかわらず、同心の鈴木順之助が明確な結論を出さず、さっさと去っていった。そして、あとは町医者に任せる形になったのが、ふたりは納得がいかないのであろう。

「さて、先生、じっくり検分してくださいな」

辰治が取りだした十手で、筵をはがす。

数匹の蠅が飛び立った。

いかにもお店者らしい、華奢《きやしや》な身体つきである。顔は鬱血で膨れ、紫がかっているが、生前は色白の、優男だったと思われた。

伊織は死体をざっと観察したあと、作左衛門に言った。

「発見したときの様子をお聞かせください」

「夜が明けて早々、あたくしどもの下男が物置にちょいと物を取りにきて、宗兵衛がここに倒れているのに気づいたのです。びっくりして、身体を揺さぶったそうですが、もう冷たくなっていて、それであわてて、あたくしに知らせにきたのです。

これは、さきほどお役人や親分にも申しあげたのですが、昨夜、物音かなにかがしたので、宗兵衛は気になり、確かめにきたのではないでしょうか。そして、忍びこんでいた盗賊と鉢合わせになり、絞め殺されたのだと思われます。そうとしか、考えられません」

「宗兵衛どのは見つかったときのままですか。動かしてはいませんね」

「はい、肩にさわったりぐらいはしましたが、いっさい動かしてはおりません。不憫なので、上から筵はかけましたが」

「わかりました。では、くわしく見ていきましょう」

伊織はそばにしゃがみ、まず死体の手首や肘の関節に手をかけた。動かそうとしたが、びくともしない。

同じくしゃがんだ辰治が問う。

「先生、死んだのはいつごろか、わかりやすかい」

「死後一ッ《い》時《とき》（約二時間）くらいで死後硬直がはじまり、三時（約六時間）くらいで全身が硬直します。そして、死後ほぼ半日で、硬直は最高度に達し、その後は逆に徐々にゆるんでいきます。

この死体は完全に硬直しているので、死んだのはほぼ半日前。つまり、昨夜の夜半でしょうね」

作左衛門が大きくうなずいている。

自分の言い分が、蘭方医の検分からも裏づけられたと思っているようだ。

続いて、伊織は虫眼鏡で死体の首筋を子細に点検していく。

喉のあたりに、小さな物が付着していた。鑷子でつまみ、虫眼鏡で点検する。

「なんですかい」

辰治が横から言った。

伊織は懐紙の間にはさみながら答える。

「藁屑《わらくず》のようです」

作左衛門はうなずきながら、

「藁縄で首を絞められたのでしょうな」

と、聞こえよがしに、つぶやいていた。

次に、伊織は死体の着物の裾をめくり、虫眼鏡で下半身をじっくり検分した。

検屍が終わったのを見て、辰治が言った。

「先生、死因はなんですかい」

「首吊りですね。おそらく自殺と思われます」

「そ、そんなはずは、ございません。宗兵衛はそこに倒れていたのです」

作左衛門が息巻いた。

顔が紅潮している。

「おい、ちょいと黙っていろい。これから、先生がわかりやすく説明してくださる」

辰治が目を怒らせた。

伊織が指で示しながら説明する。

「首に、藁縄で絞めた跡が残っています。この跡を見ると、このように、後頭部で両方の耳の方向に上向きになっています。藁縄を首に巻いて絞め殺したときは、跡は首を一周するように残るはずなのです。

つまり、これは上から吊るされた跡なのです」

いつしか、作左衛門の顔から血の気が引いていた。

かたや、辰治は笑いを嚙み殺して、軽くうなずいている。これまでの経験から、絞殺と縊死の場合の、首に残った索条痕の違いは知っているのであろう。

なおも、伊織が指摘する。

「股のあいだを調べたところ、失禁していました。その小便で濡れた跡をたどると、左太腿の内側を伝い、足首に達していました。

もし、首を絞めて殺され、ここに仰向けに倒れたとしたら、小便は尻のほうに流れるはずなのです。

これらのことから鑑みて、宗兵衛どのは絞殺ではなく縊死、つまり首吊りをしたのは明白です」

「し、しかし、宗兵衛はいったい、どこで首吊りをしたというのですか。庭には、首吊りをするような木はありませんぞ」

作兵衛が必死の形相で言う。

そばで、町役人は苦渋の表情をしていた。ややこしいことになりそうだと、不安になってきたのであろう。

「ふうむ、たしかに、首を吊りたくなるような枝ぶりのいい木はねえな」

辰治が庭を見渡しながら言う。

庭には赤松の木が一本あり、そばに石灯籠もある。石灯籠に足をかければ、首吊りはしやすい。しかし、肝心の赤松の枝は細く、しかも位置が低い。とても首吊りはできないであろう。

そのほかは、躑躅《つつじ》などの背の低い木だった。

伊織は蔵を疑ったが、大きな錠前がかかっており、手代が夜中に忍びこむのは難しいであろう。

ふと、さきほどの作左衛門の説明を思い出した。「下男が物置にちょいと物を取りにきて」と言っていたではないか。

「蔵のほかに、物置もあるのですか」

伊織が質問した。

作左衛門はあきらかに動揺している。

「は、はい、小さな物置がありますが、たいした物は置いておりません。お見せするほどではございませんので」

「たいした物があるかどうかは、わっしと先生が決める。物置に案内しな」

辰治がここぞと見て、脅しつけるように言った。

青ざめた顔で作左衛門は、

「承知しました。こちらでございます」

と、先に立って案内する。

物置小屋はちょうど蔵の陰になっていた。そのため、庭からは見えなかったのだ。

戸を開けると、炭俵や薪などが積まれ、そばに箒《ほうき》や笊などが置かれていた。

伊織はすぐに、藁縄や空の俵が巻かれて置いてあるのに気づいた。また、片隅に木箱が重ねてある。

小屋なので天井は低い。木箱に乗れば、天井の横木に手が届くはずだった。

伊織は木箱を二個、重ね、

「親分、私の身体をささえてください」

と言いながら、箱の上にのぼる。

ふたつ重ねの木箱の上に乗れば、横木の上を目で確かめることができた。

すぐに、横木にこすれた部分があるのに気づいた。その部分を虫眼鏡で見ていくと、藁屑が付着していた。鑷子で採取し、懐紙に包む。

辰治にささえられながら、伊織は箱からおりた。

そして、懐紙の中の藁屑を示す。

「あの横木に、縄でこすったような跡がありました。また、これがありました。さきほど、宗兵衛どのの首筋に付着していた藁屑と同じです。宗兵衛どのはここで首を吊ったと見て、間違いないでしょう」

作左衛門はなにか反論しようとしているのだが、言葉が出てこない。口を半開にし、せわしない息をしていた。

辰治がふところから十手を取りだした。

「おい、おめえさん、お奉行所のお役人に嘘をついたことになるな」

「いいえ、あの、けっして嘘をつくつもりではなかったのでございますが、申しわけございません」

「申しわけございませんではすまないぜ。宗兵衛の死体を何人がかりでおろしたのだ。また、何人で庭に運んだのだ。最初に死体を見つけた下男をはじめ、この工作を知っているのは何人だ。全部で十人か、二十人か。

おめえさんはじめ、全員、しょっ引かざるをえないだろうな。十人か二十人が縄付きになり、ぞろぞろ自身番まで歩いていくところは、さぞ見ものだろうぜ。

また、及川は『閉戸《へいこ》』だな。お奉行所からお役人が来て、釘で門戸を打ちつけて、閉ざしてしまう。おそらく百日の間、商売はできねえだろうよ」

「申しわけございません」

作左衛門が声を振り絞るように言い、その場に土下座をした。

物置の床に額を擦りつけている。まさに必死だった。

そばにいる町役人は土下座こそしなかったが、深刻な表情になっていた。もし作左衛門が奉行所に召し捕られる事態になれば、自分も無縁ではいられないのがわかっているからであろう。深々と腰を折り、

「あたくしからもお詫び申しあげます。なにとぞ、穏便なご処置をお願いいたします」

と、懸命に嘆願した。

ややあって、辰治が言った。

「ようし、包み隠さず、すべてを話せ。もし、嘘を言ったり、誤魔化したりしようとしたら、今度こそ容赦しねえぞ。嘘や誤魔化しは、こちらの先生にはすぐわかるからな。なにせ、長崎で蘭方を修業した先生だぞ。

話を聞いたうえで、事と場合によっては、わっしがお役人の鈴木さまに取りなしてもよい。鈴木さまはお慈悲のある方だからな」

「はい、正直に申し上げます。けっして嘘、偽りは申しません」

「では、自身番に引っ張るのは、いまのところやめておこうか。話を聞く場所はここでよかろう。それとも、店の座敷にするか」

辰治がからかうように言った。

作左衛門があわてて頭をさげる。

「いえ、ここでけっこうです。いや、ここで、お願いします」

「よかろう。ただし、茶や菓子とまでは言わねえが、せめて煙草盆を用意してくんな。煙草が吸いたくなった」

*

「先生、腰をおろしやしょうや」

辰治が木箱ふたつを逆さにして置いた。

作左衛門は物置の床に正座している。

木箱に腰をおろすのは楽なのはもちろんだが、作左衛門に対する心理効果も狙っているようだ。辰治と伊織は一段、高いところから見おろすことになる。

作左衛門としては、奉行所の白洲に座っている気分に近いであろう。

辰治は用意された煙草盆で煙管《きせる》の煙草に火をつけ、フーッと煙を吐きだしたあと、おもむろに言った。

「さて、最初から、話してみな」

「はい。あたくしどもの下男が今朝、物置に箒と塵取りを取りにきて、宗兵衛が首吊りをしているのを見つけたのです。

下男は仰天したはずですが、まずそっと番頭に知らせました。次に、番頭があたくしに耳打ちしましてね。あたくしはとにかく、騒いではいけないと思いました。そこで、あたくしと番頭、それに手代のひとりと下男の、合わせて四人で、目立たないように物置に行ったのです。

宗兵衛が首を吊ってぶらさがっておりましたので、とにかくおろさなければなりません。もしかしたら、息を吹き返すかもしれないという気もしましてね。そこで、物置にあった古包丁で藁縄を切り、宗兵衛をおろしたのです。もう、完全に事切れておりました。

『どうしたらよかろうか。とりあえず、医者を呼ぼうか。いや、自身番に届けようか』

あたくしは、どうしたらよいのかわかりませんでした。

するｔと、番頭が言うのです。

『奉公人が首吊り自殺したと知れたら、及川の信用にかかわります。宗兵衛は店の金を使いこみ、主人に厳しく叱られたのではないか、あるいは、宗兵衛は番頭にいじめられたのではないか、などという無責任な噂が広がりかねません』

考えてみると、たしかに番頭の言うとおりです。

奉公人が首吊り自殺したとなれば、及川の信用はがた落ちです。

『では、どうするか。いまさら病死をよそおうこともできまい』

『いっそ、押し入った盗賊に、首を絞めて殺されたことにしてはどうでしょうか』

そこで、あたくしも宗兵衛が殺されたことにしようと決めたのです。

もちろん、番頭のせいにするつもりは毛頭ございません。最終的に決めたのは、あくまで主人のあたくしでございます。

みなで宗兵衛の死体を庭に運び、そのあと、

『奉公人が泥棒に殺されたようです』

と、自身番にお届けしたわけでございます。

いま思うと、なんとも浅はかなことをいたしました。あのときは気がとりのぼせると申しましょうか、あとあとのことを考えておりませんでした。ともかく、どうにか取り繕いたいと焦っておりました」

作左衛門がうなだれる。

辰治が言った。

「ふうむ、宗兵衛の頸に巻かれていた藁縄はどうした」

「下男が台所のへっついで燃やしてしまいました」

「藁縄を切った古包丁はどこにある」

「はい、あれがそうでございます」

作兵衛が物置の隅を示した。

そばで聞きながら、伊織は辰治が慎重に確認していくのに感心した。

辰治が質問を続ける。

「ところで、宗兵衛が首を吊った理由について、心あたりはあるか」

「あたくしには、いっこうにわかりません。奉公人に尋ねれば、もしかしたら、なにかわかるかもしれませんが」

「それこそ、番頭の言い草じゃねえが、店の金に手をつけていたのじゃねえか」

「これまで宗兵衛の不正に気づいて、あたくしや番頭が咎めたことはございません。

しかし、あとで、番頭とふたりで帳簿をあらためてみます。もしかしたら、使いこみや不正がわかるかもしれません」

「女はどうだ」

「若いですから、夜、こっそり店を抜けだすことはあったようです。しかし、あたくしはたいてい、見て見ぬふりをしておりました。奉公人に聞けば、馴染みの遊女がいたかどうかなど、わかるかもしれません」

「男が自殺するとなれば、たいていは金か女が原因だぜ」

辰治が煙管をくゆらせる。

作左衛門がおずおずと言った。

「親分、あたくしはどうなるのでございましょうか」

「本来であれば、お白洲に座らされ、お奉行さまから、

『首吊りを絞殺に見せかけ、役人をたばかろうとするなど、不届き千万である』

と、お叱りを受けるところだな。

そして、手鎖か、敲《たた》きか、江戸払いか」

作左衛門の顔が苦悩にゆがんでいる。

そばにいる町役人の表情も暗い。作兵衛が奉行所に出頭するとなると、自分も連座して、やはり出頭しなければならないからだ。

「だが、そうすると、及川も信用を失い、左前になろうよ。

お役人の鈴木さまは、おめえさんの家族はもちろん、多くの奉公人が路頭に迷うような事態になるのは不憫だと、お考えだ。わっしから鈴木さまに、今回は大目に見るよう、お願いしようぜ」

「ありがとうございます」

作左衛門の声には涙が混じっている。

辰治が最後に言った。

「宗兵衛の親元にも知らせて、ねんごろに葬ってやりな。

また、自殺の原因についてなにかわかったら、わっしに知らせにきな。わっしはまだ、完全に納得できないところがあってな。

そうそう、大事なことを言うのを忘れていた。

今回、お忙しい蘭方医の先生にわざわざ来ていただき、お手を煩わせたのだぜ。おめえさん、沢村伊織先生にそれなりの謝礼をしなよ」

「はい、後日、あらためてお礼にうかがいます」

作左衛門の表情に生気が戻っていた。

三

及川を出て通りを歩いていると、岡っ引の辰治が、

「首吊り死体をじっくり見たあとで、先生、蕎麦なんぞはどうですかい」

と、前方を指さした。

相変わらず悪趣味である。

沢村伊織が見ると、店の前に置かれた置行灯に、

二八
そばうんどん
御

手打蕎麦

膳

と書かれている。

伊織としてはここで、「いや、食べる気がしない」と言うのは、ちょっと癪だった。また、空腹を覚えていたのも事実だった。

「そうですな、ちょいと食べていきましょうか」

暖簾をくぐって中に入ると、土間に床几が数脚並び、ほぼ客で埋まっていた。奥に座敷があるが、誰もいないようだ。

辰治が女将に、

「おい、座敷を借りるぜ」

と言いながら、ずんずん進む。

ここにいたり伊織は、辰治は話したいことがあるに違いないと察した。伊織にも話したいことがあり、いい機会と言えよう。

座敷に落ち着き、壁に貼られた品書きを見ると、

御膳大蒸籠　代四十八文
そば　代拾六文
あんかけうどん　代二十四文
あられ　代三十二文
天婦ら　代二十四文
花まき　代二十四文
しつほく　代三十二文
玉子とじ　代四十文
上酒一合

と書かれていた。

「わっしは天麩羅蕎麦にしやすが、先生はどうしやすね」

「では、私も天麩羅蕎麦にしよう」

そこに、高下駄を履いた丁稚が寄ってきた。

「いらっしゃりませ。なんにしましょう」

辰治は天麩羅蕎麦のあと、さらに頼んだ。

「酒を小半《こなから》、それに煙草盆を持ってきてくんな」

小半は二合半である。もちろん、伊織は昼間から酒を呑むつもりはなかった。

やがて、真鍮製のちろりに入れた酒と、天麩羅蕎麦が届いた。

蕎麦には、芝海老の天麩羅が乗っている。

辰治は湯飲み茶碗で酒をあおったあと、やおら言った。

「きょうは首吊り死体でしたが、その前は絞め殺されて水に投げこまれた女の死体、その前は、包丁で滅多突きにされた男の死体ですぜ。このところ、酒の肴には事欠きませんな」

水に投げこまれた女の死体と聞いて、伊織に頭に閃いた。

春更が聞きだしてきた、伊勢七の息子の秀一が出合茶屋から目撃した情景が思い浮かぶ。

「もしかして、不忍池で見つかった女の死体ですか」

「そうです。身元はもうわかっているのですが、下手人の目途はまったくついていません」

「じつは、常磐津文字苑師匠の弟子で十歳の、お仙という女の子が不忍池で溺死しましてね」

「へいへい、女の子が溺れ死んだというのは聞きましたが、文字苑師匠の弟子でしたか。するってえと、そのお仙は、誰かに投げこまれた疑いでもあるのですかい」

「いいえ、事故死のようです。ひとりで歩いていて、なにかの拍子に足を踏み外したのでしょうね」

伊織は故意に、お仙が藤屋の娘のお為から置き去りにされ、焦ってあとを追おうとして水にはまったとみられる推量は省略した。なまじ辰治に話をすると、お為と秀一を糾問しかねないと案じたからだ。

「ところが、まだ事故死かどうかわからなかったとき、その調べを春更に頼んだのです」

「え、なぜ、春更さんに頼むんですかい」

辰治の目が光った。

さすが岡っ引である。まだ伊織が手のうちを明かしていないのを、敏感に察知したようだ。

伊織は内心、「しまった」と思ったが、もうどうしようもない。

それに、どっちみち秀一が目撃した件を述べるとすれば、お為との逢引きから話さざるをえない。また、お為のことを話すとなれば、お仙とのかかわりもあきらかにせざるをえなかった。

「春更には、本来の佐藤鎌三郎になってもらったのですがね」

伊織がそもそも、文字苑の疑惑からはじまったことを語る。


煙管をくゆらせながら聞き入っていた辰治は、伊織の話が終わると、大きくうなった。

「う〜ん、ううむ」

と言うことは、先生、死体が発見された日こそ一日違いやすが、同じ日に不忍池で、女の子のお仙が溺れ死に、囲者のお絹が絞め殺されて放りこまれたことになりやすぜ。

しかも、お仙にかかわる人間と、お絹にかかわる人間が妙に絡んでいやすね。不思議な縁でつながっていると言いやしょうか。

ともあれ、秀一という野郎が出合茶屋の窓から見たという光景です。水に放りこまれたのは、お絹に違いありませんな。また、お絹を放りこんだ男こそ、お絹を殺し、その前に左官の親方の孫六を殺した下手人です。

そう言えば、まだ先生に、孫六殺しの件をお話ししていませんでしたな。いい機会なので、ここで話しておきやしょう」

辰治が、上野北黒門町の妾宅で旦那の孫六が殺され、囲者のお絹の行方が知れなくなっていた件の一部始終を語った。

そして、続ける。

「最初、お絹が孫六を殺したのではないかと疑いやした。しかし、間男がいたらしいとわかりましてね。そこで、間男が孫六を殺し、お絹を連れて逃げたと睨んだのです。ところが、そのお絹も殺されていたのがわかりやした。ふたりを殺したのは間男に違いないでしょうな。

孫六の弟子に、半六という野郎がいやしてね。その半六が間男なのではなかろうかと睨んだのですが、孫六が殺された日、半六はほかの場所にいたのが確認されたのです。半六に孫六は殺せやせん、つまり間男ではありやせん。

というわけで、調べは行き詰っていたのですが、秀一の野郎が決定的な場面を見たわけですな。これで、急進展ですぜ」

「しかし、秀一どのは見たことのある顔だが、どこの誰だか思いだせないそうですぞ」

「そうですな、念のため、わっしが秀一にあたってみやしょう」

「それはいいのですが、秀一どのに手荒な真似はしないでくださいよ」

伊織が念を押す。

さもないと、春更の立場がなくなるからだ。秀一は春更を信じて打ち明けたのである。

「十手でぶちのめすなんぞの手荒な真似はしやせんよ。まあ、平手で張り倒すくらいはするかもしれませんが。

いや、これは冗談です」

辰治は伊織のむっとした顔を見て、愉快そうに笑った。

付き合いは短くないため、伊織は辰治の修辞や悪趣味にかなり慣れているつもりだが、やはりいままでもかなり翻弄《ほんろう》された。

伊織としては、ちょっと忌々《いまいま》しい。

四

薬箱をさげた長次郎を従え、沢村伊織が往診から帰宅すると、妻のお繁が言った。

「さきほど、及川のご主人がお見えでした」

「ほう、作左衛門さんか」

伊織は、作左衛門が謝礼を渡しにきたのだと思った。

しかし、それにしては早い。

首吊り自殺をした宗兵衛の死体の検屍をしたのは、昨日のことである。及川は葬儀などで多忙なはずだった。そんななか、作左衛門はわざわざ伊織を訪ねてきたことになる。

伊織はなんとなく、たんに謝礼だけではないのではないかという気がした。というより、謝礼は名目なのであろう。

「昨日のお礼を述べたあと、

『先生は、今夜はご在宅でしょうか』

と尋ねられましてね。

『とくに急な往診がないかぎり、夜はいるはずです』

と答えると、

『では、夜、またまいりますので、先生によろしくお伝えください』

と言って、お帰りでしたよ」

「ほう、作左衛門さんは、今夜また来るつもりなのか」

やはり、謝礼以外のなにかがあるようだ。

つい想像にふける伊織に、

「これをあずかりました」

と、お繁が懐紙の包みを差しだす。

伊織が開いてみると、一両入っていた。

「それだけではないんですよ。ちょいと、台所に来てください」

妻にうながされ、伊織は奥の台所に足を向ける。

台所に大きな盥《たらい》が置かれていた。

盥の底には笹の葉が敷かれ、上に多くの鯵《あじ》が詰められている。まるで、網で海から引き揚げられた魚の群れのようだった。

「ついさきほど、門前の魚屋から届きました。及川のご主人があつらえてくれたようです」

お繁が説明した。

そばで、下女のお熊が興奮した口調で報告する。

「数えてみたら、なんと、二十五尾も、ありました」

「二十五尾だと、う〜ん、作左衛門さんは我が家を、何人世帯と思っていたのかな」

さすがに伊織もあきれた。

同時に、困惑も深まる。

「どうするか。とても食べきれぬぞ。しかし、この暖かさだからな。じきに、傷むぞ。早くどうにかしないと」

「では、立花屋の料理人の太助《たすけ》どんに頼んで全部、生姜をきかせた煮付けにしてもらいましょう」

お繁があっさり言う。

立花屋は実家だけに、なんの遠慮もない。

そばで、お熊が安堵の笑みを浮かべている。二十五尾の鯵を調理するなど、とうてい自信がなかったのであろう。

仕出料理屋の料理人である太助には、二十五尾の鯵の処理など手馴れているはずだった。盛大な婚礼の披露宴に仕出料理を届けるときなど、二十五人前では済むまい。

太助は大人数の料理を、数名の下働きや下女を指揮して手早く用意するのに慣れていた。

「そうだな、立花屋に頼むしかあるまい。

では、太助どのに料理してもらったら、内で食べる分だけ受け取り、あとは立花屋で食べてもらうとよい。奉公人の数が多いから、ちょうどよいだろう」

「そうですね。じゃあ、そうしましょう。お熊、頼むよ」

お繁がお熊に、立花屋に鰺を持っていくよう命じる。

ふと伊織は思いつき、長次郎に言った。

「たまには、内で夕飯を食っていかぬか。鰺の煮付けがつくぞ。しかも、味付けはお熊ではなく、立花屋の料理人だ」

「はい、では、いただきます」

長次郎が顔をほころばせた。

実家の備前屋は、かなりの大店である。それでも、商家の食事は質素だった。食事に魚がつくなど、滅多になかったのだ。

いっぽう、お熊は、

「あたしがよっぽど料理がへたみたいですね」

と、ぶつぶつ言いながらも、鰺が満載された盥を持ちあげようとしている。

長次郎が駆け寄る。

「お熊さん、手伝いますよ」

「そうかい、長さん、助かるよ」

ふたりで盥をかかえ、立花屋に向かう。

五十前の下女と前髪のある少年が、力を合わせて鰺を載せた盥を運んでいるのは、きっと珍妙な光景に違いない。

立花屋にたどり着く前に、参道で備前屋の奉公人が見たら、

「おや、長さん、なにをしているんですか」

と、驚くに違いない。

いっぽう、魚屋の主人が見れば、

「おや、さっき届けた鰺が、そっくりほかにまわっている」

と、あきれるであろう。

やはり、湯島天神門前はせまい、そして人情の濃密な世界だった。

お繁がそんな世界で育ったのだと思うと、厳格な漢方医の家に生まれた伊織は感慨を覚える。同時に、お繁を妻に迎えてよかったと、しみじみ思った。

五

及川の主人の作左衛門があらためて訪ねてきたのは、すでに夕食が済み、弟子の長次郎も家に帰ったあとだった。

供の丁稚は手に提灯をさげ、首にからげて風呂式包みを背負っていた。

作左衛門は丁稚から風呂敷包みを受け取ると、伊織の前に来て座り、深々と頭をさげた。

「夜分、申しわけございません」

「さきほどは、けっこうなものを頂戴いたしました」

お繁は、挨拶を交わしているふたりの前に茶を出したあと、上框に腰をおろしている丁稚にも茶を出し、しかも菓子まで添えているようである。

やはり下町の商家育ちだけに、お繁は丁稚などの奉公人への気配りはこまやかだった。そのあとは、お繁がそばに座り、丁稚の話し相手をしている。

相手の退屈しのぎの役を務めるとともに、主人の話の内容を丁稚に聞かせないためであろう。お繁の気配りは見事だった。

「じつは、昨日の件で先生に、ご相談がございまして。

本来であれば、岡っ引の辰治親分にご相談するのが筋なのかもしれないのですが、親分のお手を煩わせては申しわけないと言いましょうか。いえ、先生のお手を煩わせてもいいという意味ではございませんが。

親分にはちと言いにくいと申しましょうか。それで、まず先生にご相談してからと思いまして。

もちろん、あたくしは有耶無耶《うやむや》にするつもりはございません。事によっては、親分はもとより、お役人にも正直に申したてるつもりでおります」

作左衛門が、なんともまわりくどい言いわけをする。

伊織は、相手がかなり差し迫った状況にあると察した。

へたをすると、自分が召し捕られかねないと案じているのであろう。だからこそ、辰治ではなく、伊織に相談にきたに違いない。

「私は役人でも岡っ引でもありません、一介の町医者です。なにを話してもらってもかまいませんし、内密にしてくれということであれば、それはそれで守りますぞ」

「ありがとうございます。では、お話し申します。

じつは昨日、先生と親分がお帰りになったあと、あたくしどもは宗兵衛の葬送の準備などで大騒ぎだったのですが、ふと気になりまして。合間を見て、番頭とふたりで宗兵衛の寝起きしていた部屋に行き、遺品を調べてみたのです。

私物といっては、柳行李ひとつぐらいのものでした。その柳行李に入っていた物をひとつひとつ見ていくと、いちばん底に、こういう物が折りたたまれておりました。

ご覧ください」

作左衛門は、前に置いた風呂敷包を解いた。

現われたのは、たたまれた男物の着物である。作左衛門が着物を広げた。

着物の前面に、赤黒い染みがある。しかも、一か所ではなく、全身に及んでおり、まるで柄杓《ひしゃく》でぶちまけたかのようだった。

伊織はいちおう手に取り、目を近づけて確かめたが、もう間違いはなかった。

「血ですね。しかも、いわゆる返り血と思われます。この着物は宗兵衛どのの物なのですか」

「ご覧のように、この着物は桟留縞《さんとめじま》でございます。あたくしどもは、手代までの着物は縞木綿と決まっております。

あたくしは宗兵衛がこの着物を着ているのを見た覚えはありません。番頭も見たことはないと申しておりました」

「すると、宗兵衛どのの着物ではないと」

「いえ、宗兵衛の物でございましょう。おそらく、遊び用にあつらえたと思われます。いわば、女郎買い用でございますな。

茶屋などに遊び用の粋な着物をあずけておいて、商用で外出した機会に、さっと着替えて女郎屋に行くのは、よくあることでございます。

じつは、あたくしも覚えがありましてね。店の者の手前がありますから、さも商用で外出するふりをして店を抜けだし、山谷堀《さんやぼり》の船宿で、あずけて置いた粋な着物に着替え、それから吉原で遊んだものでございました。もちろん、昔の話でございますが」

「なるほど」

伊織はかつて吉原で開業していたため、僧侶の隠れ遊びを聞いたことがあった。

漢方医は剃髪しているのが普通なため、僧侶は遊里で遊ぶときは医者をよそおった。茶屋などで墨染の衣から、黒羽織と脇差の姿に変身したのである。

「あたくしと番頭は、恐ろしい想像をしてしまいましてね――。

宗兵衛は、吉原なのか岡場所なのかわかりませんが、返り血を浴びるようなことをしてしまった。どうにか店に戻り、血を浴びた着物を脱いで、隠していた。ところが、探索の手が自分に伸びてきたのを知り、首を吊った——。

となると、あたくしも番頭も居ても立ってもいられなくなりまして、店の者がみな寝床に入ってから、ふたりで帳面を点検していったのです。明け方までかかりました。

やはり、宗兵衛は不正をしておりました。その方法は、品物が帳面上は売れたように見せかけるというものです。おそらく、ひそかに持ちだし、金に換えていたのでしょう。口幅ったいようでございますが、及川の袋物であれば、すぐに売れたはずでございます」

「宗兵衛どのは、金が必要だったことになりますね」

「はい、吉原か岡場所かはわかりませんが、女郎買いにつぎこんでいたのでしょう。着物を仕立てるためにも使ったかもしれません」

作左衛門は、宗兵衛が遊里で遊蕩していたと思いこんでいた。

だが、伊織の頭には、別な推理が浮かんでいた。岡っ引の辰治から聞かされた話である。

左官の親方の孫六を刺殺した、お絹の間男。宗兵衛こそ、その間男ではなかろうか。

だが、宗兵衛とお絹のつながりを示す証拠はなにもない。いまの段階では、伊織も自分の推量を述べるわけにはいかなかった。

しばらく、沈黙が続いた。

お熊が茶を取り換えた。

茶で喉を湿したあと、作左衛門が話を続ける。

「今朝、あたくしはほとんど一睡もしていなかったのですが、奉公人をひとりずつ呼んで、宗兵衛の行状について尋ねたのです。主人の自分が知らなかった、宗兵衛の裏の顔があきらかになるかと思いましてね。

意外だったのは、宗兵衛が女郎買いをしていたのは誰も知りませんでした。もちろん、宗兵衛が巧妙に隠していたのかもしれませんがね。

そんななか、ひとりの手代が妙なことを言いましてね。一昨日、つまり宗兵衛が首を吊った前日のことです。

　昼過ぎ、職人風の男が店先に立ったので、その手代が応対したところ、

『あっしは、上野北黒門町に住んでいた、お絹という女の親類の者ですがね。

　じつは、お絹が死んだものですから、あっしが遺品の整理をしていると、及川からいろんな物を買い、しかも代金はあとで払う旨を約束した証文が見つかりましてね。つまり、お絹はまだ金を払っていなかったことになりやす。

　できれば、あっしが代わって金を払いたいと思うのですが、お絹に袋物を売った方はどなたかわかりませんか』

　ということなのです。

　先方から金を払いたいというのですから、奇特な方です。

　手代がまわりの者に尋ねたそうですが、みな、

『上野北黒門町のお絹さん、さあ……』

　と、首をかしげています。

　そのとき、手代はさきほどまでいた宗兵衛の姿が見えないことに気づいたそうでしてね。

　そうするうち、職人風の男は、

『あっしの勘違いかもしれやせん。お騒がせしやした』

と、名も告げず、さっと帰っていったそうでしてね。

しばらくすると、ようやく宗兵衛が戻ってきたので、手代がどこへ行っていたのだと尋ねると、

『急に、腹が痛くなって』

と、雪隠《せっちん》に行っていたと答えたそうでして。

たしかに、宗兵衛は顔色が青く、いかにも気分が悪そうだったとか。

その日の夕食も、宗兵衛はほとんど手をつけなかったそうですが、手代は本当に腹の調子が悪いのだろうと思っていたとか。

そして、翌日の朝、宗兵衛は首を吊って死んでいるのを発見されたわけでございます」

「ふうむ、なるほど」

「先生、これは、どう考えればよろしいのでしょうか」

作左衛門は不安そうだった。

伊織は内心、

（これでようやく謎が解けた）

と思った。

だが、無表情をたもつ。

大筋で謎は解けたが、まだ不明な点があった。

もっともらしい口実をつけて及川に訪ねてきた職人風の男は、左官の半六であろう。

宗兵衛は、半六を岡っ引の手下と誤解したに違いない。探索の手がいよいよ自分に伸びてきたのを悟り、もう逃げられないと観念した。そして、召し捕られる前に、みずから首を吊ったのだ。

これで、ほぼ辻褄が合う。だが、半六はなぜ及川の奉公人に目星をつけたのだろうか。

「おおよその事情はわかりましたが、最後にひとつ、調べたいことがあります」

「辰治親分にお願いすることになりましょうか」

伊織は、ここは辰治ではないほうがいいと判断した。

また、春更に動いてもらおうと思った。本人もけっこう謎解きに熱中している様子である。頼めば、喜んで引き受けるはずだった。

「いや、親分ではないほうがよいでしょう。私の弟子に、佐藤鎌三郎という武家がいます。この武家に頼みましょう」

「え、お武家さまに、そんなことをお願いしてよろしいのですか」

「私の弟子ですから。それに、探索に手馴れておりましてね」

「ほほう、そうなのですか」

作左衛門はいたく感心している。

ふと伊織は思いついた。

「じつは、あとで全貌をあきらかにしますが、弟子の佐藤鎌三郎には、これまでも宗兵衛どのの件で動いてもらっていたのです。

落ち着いたら、それなりの謝礼をしてやっていただけませんか」

「はい、心得ました」

作左衛門は受けあい、丁稚を供にして帰っていく。

ふたりの姿が消えたあと、お繁が同情する。

「あの丁稚どん、気の毒ですね」

「なぜだ」

「だって、これから店に帰れば、寝るのが遅くなりますよ。丁稚どんは夜明け前には起きなければならないのですからね」

「ふうむ、そう考えると、たしかに気の毒だな」

「あたしは可哀相だと思ったので、作左衛門さんに知れないよう、お駄賃をおひねりにして渡しました」

「ほう、それはよいことをした」

伊織は妻の気遣いに感心する。

すでに夜はとっぷりとふけていた。

（もう今夜は無理だな）

伊織は明日の朝、須田町のモヘ長屋に春更を訪ねることにした。

六

普請場は、須田町に近い連雀町《れんじやくちょう》にあるという。

佐藤鎌三郎のいでたちをした春更は、

（あらかじめわかっていたら、往復することもなかったな）

と、やや忌々しかった。

というのも、さきほど須田町のモヘ長屋を出て、昌平橋を渡って神田川を越え、

神田明神下同朋町の故孫六の家を訪ねた。そして、左官の半六の居場所を訪ねたところ、孫六の後家らしき女から、

「連雀町の普請場にいるはずです」

と教えられたのだ。

そのため、春更はまた昌平橋で神田川を越えて引き返し、連雀町に向かっているところだった。

今日の早朝、訪ねてきた沢村伊織に、ふたたび武士の姿になるよう要請されたのだ。

春更は一も二もなく引き受けた。今回の謎解きに自分がかかわれるのはまんざらではなかったし、半六の尋問で解決編にいたるのだと思うと、勇みたつものがあった。

（このあたりが連雀町だな）

幅広の荷縄をつけた背負子《しょいこ》を連尺《れんじゃく》といい、行商人が用いる。その連尺を作る職人がかつて多く住んでいたため連尺町と呼ばれ、のち連雀町になったという。

だが、春更が歩いていると、天秤棒の前後に野菜を満載した竹籠をつるした棒手振が多数、行き交っている。近くに青物市場があるからだった。

（ここだな）

春更は、普請場の前で立ち止まった。

建築途中の、商家の蔵のようだ。仕上がりは漆喰塗りになるのであろうが、いまは荒壁の段階だった。
四、五人の左官が立ち働いている。しばらく春更は仕事ぶりを眺めた。
丁稚らしき少年が、荒木田土《あらきだつち》に水を入れてこねていた。そばで、やや年長の男が藁《わら》を一寸（約三センチ）くらいに刻んでいる。

もっとも年長らしき男が、水平に渡した横木の上で、荒壁塗りをしていた。荒木田土に藁を混ぜたものを、鏝《こて》で塗っていく。

春更は、岡っ引の辰治の話を伊織を通じて聞かされただけで、まだ半六とは面識がない。しゃがんで藁を刻んでいた男に声をかけた。

「おい、半六という者はいるか」

男は険しい目で見あげたが、春更が羽織袴の姿で両刀を差しているのを見ると、あわてて立ちあがった。そして、声をかける。

「兄ぃ、半六兄ぃ」

「なんでい」

荒壁塗りをしていた男が振り返る。

「こちらのお武家さまが、兄ぃに用があるようですぜ」

やや遠かったが、このとき初めて、春更は半六の顔を見た。

半六は相手が武士だとやむをえないと思ったのか、作業をやめ、足場から地面におりた。

そして、春更の前にやってくると、

「へい、半六ですが、あっしになにかご用ですかい」

と、頭に巻いていた手ぬぐいを外しながら言った。

武士を前にしても、さして臆した様子はない。

紺の腹掛と股引に、ほかの左官たちとそろいの法被を着ていた。足元は黒足袋に草鞋である。

春更は菅笠を外しながら言う。

「うむ、拙者は佐藤鎌三郎と申す。そのほうのことは、岡っ引の辰治から聞いておる」

その辰治に言及する口ぶりから、半六は相手を町奉行所の役人と思ったようだった。

半六はあらためて、ぺこりと頭をさげた。

「へい、畏れ入りやす」

「仕事の邪魔をしてすまぬ。できるだけ手短に済まそう。この品に、見覚えはあるか」

春更はふところから懐紙の包みを取りだす。

紙を開くと、黄楊の櫛が表れた。

「手に取って見るがよい。遠慮するな」

櫛を手にした半六の顔に驚きが広がる。

「覚えがあるか」

「へい、この南天の実の彫りに覚えがありやす」

「誰の櫛だ」

「お絹という女が髪に挿していた櫛でござんす。お絹が芸者をしていたころ、あっしが買ってやりやした。

佐藤さまは、この櫛をどこで手に入れたのでごぜえやすか」

「不忍池のまわりを検分していて見つけた。おそらく、地面を引きずっていかれるとき、頭から落ちたのだろうな」

半六の顔がゆがんだ。

お絹が地面を引きずられ、水の中に放りこまれる情景が目の前に浮かんでいるのであろう。

春更は櫛をふたたび紙に包み、ふところにおさめながら言った。

「すべてが終わったら、この櫛はそなたに渡すつもりじゃ。お絹の形見になろう」

「へい、ありがとうごぜえやす」

「ところで、先一昨日《さきおとつい》、そなたは池之端仲町の及川に行ったな」

半六の表情が強張った。

なぜわかったのだろうと、頭の隅で懸命に考えているようである。

春更が安心させるように言う。

「及川に行ったことを咎めているわけではない。そこは心配するな。

そのほうが、なぜ及川に行ったのかを知りたいのじゃ。親方の孫六と囲者のお絹を殺した下手人を突き止めるためだぞ」

「へい、あっしも親方とお絹を殺した間男を突き止めたいと思いやしてね。出過ぎた真似をして、申しわけありやせん」

「いや、謝る必要はない。なぜ、及川に目をつけたのか」

「あっしは、なんとかして間男を突き止めたいと考えやしてね。これまでのことを頭の中に思いだそうとしたのです。なにか、見落としている気がしやしてね。するると、ふと思いだしたのです。

あるとき、あっしらのとこの丁稚小僧がお絹のとこへ、

『今日の夕方、親方が行くぞ』

と伝えにいったのです。

戻ってきた丁稚が親方に、

『お絹さんはいませんでしたが、下女のお捨さんに伝えておきました』

と言っているのが聞こえました。

『お絹はどこへ行ったのだ』

『及川に買い物に行ったと、お捨さんが言っていましたよ』

『及川……あの袋物の及川か。まったく、こりゃあ、お絹にねだられるな』

親方はぶつぶつ言っていましたが、まんざらでもなさそうでしたがね。

そんなことがあったのです。あっしはいろいろ考えたのですが、それしか思い浮かびません。それで、ちょいと及川にあたってみようと」

「すると、とくに及川の奉公人の誰かが怪しい、というわけではなかったのか」

「へい、思いつきでしたから。誰かが名乗り出てきたら、そのときはそのときで、鎌をかけようとは思っていたのですが、じつはそんなに深く考えていたわけじゃありやせん。行きあたりばったりでした」

春更はややあきれた。

あまりに出たとこ勝負の、無謀な行動ではなかろうか。

だが、前後を考えない大胆な行為だったからこそ、宗兵衛は動転したのであろう。

半六の行為が宗兵衛をあぶりだし、追いつめたとも言える。怪我の功名と言おうか。

「そうだったのか。とくに証拠があったわけではなかったのか」

「へい、お役目の障りになったとしたら、申しわけない次第です。

けっきょく、及川にはそれらしき奉公人はいませんでしたから」

「おい、そんなことはないぞ。そのほう、及川の宗兵衛という手代が首を吊って死んだのは、まだ知らぬのか」

「へ、知りやせん。いつのことですかい」

「そなたが及川に行った翌日の朝、首を吊っているのが見つかった」

「ということは……」

半六があえぐように言った。

春更が笑った。

「そう、宗兵衛だった。つまり、そのほうは、孫六とお絹の敵《かたき》を立派に討ったのだよ。もう、間男探しをする必要はないぞ。

まあ、くわしいことは、後日、話そう。そのほうも、仕事をいつまでも中断させるわけにはいくまい。

では、拙者は次があるのでな」

春更は手にしていた菅笠を頭にかぶった。

半六はなかば呆然として立ち尽くしている。

「宗兵衛という手代だったのですか。あっしは、顔も見ないままでしたな」

春更を見送り、ようやく半六も頭に手ぬぐいを巻く。

仕事に戻るつもりのようだ。

＊

春更は連雀町の普請場から出発して、またもや昌平橋を渡って神田川を越えた。目指すは、湯島天神門前である。

（まったく、今日は何度、神田川を右に越えたり、左に越えたりしているんだろうな）

つい、ぼやいてしまうが、足取りは軽い。着実に謎を解いていく充実感があった。

（うむ、これは、戯作に生かせるぞ）

春更は今回のこみいった事件は、うまく解きほぐしさえすれば戯作になるという手ごたえを感じていた。

まず、薬屋の伊勢七に行き、若旦那の秀一を呼んでもらったが、外出しているという。

次に、料理屋の恵比寿屋に行き、娘のお為を呼んでもらったが、やはり外出しているという。

（う〜ん、困ったな。ふたりとも不在だぞ）

春吏は人通りが絶えない参道にたたずみ、途方に暮れた。伊織の家は近い。

（とりあえず、先生に半六のことを報告しようか）

思い迷っているとき、ハッと気づいた。

先日、秀一に案内された、葦簀掛けの水茶屋である。

春吏が参道を歩いていくと、あちこちから、

「お寄んなんし」

「お茶あがりませ」

と、茶屋女が声をかけてくる。

（ここだったな）

春吏が中をのぞくと、奥の床几に秀一とお為が腰かけているのが見えた。

横に並んで腰をかけているのだが、間隔が微妙に離れている。しかも、ふたりとも顔つきが険しかった。

そもそも、ふたりにとって茶屋とは出合茶屋だったはずである。水茶屋で会っていること自体、仲がうまくいっていない証拠であろう。やはり、お仙のことが尾を引いているのかもしれない。

秀一が顔をあげた。

「おや、佐藤さま」

「そのほうに、ちと話がある」

春更は立ったまま言った。

お為はこれを好機と、

「じゃあ、あたしは帰りますね」

と、すっと立ちあがった。

「うむ、しかし、今日は家にいろよ。あとで、訪ねることがあるかもしれぬ」

春更が念を押す。

お為は仏頂面《ぶっちょうづら》でうなずいた。

秀一が後ろ姿に言った。

「ここは、払っておくから」

だが、お為は礼も言わず、プイと茶屋を出ていった。

春更はお為のあとに腰をおろした。

「岡っ引の辰治にあれこれ、聞かれたろう」

「はい、でも思いだせないことは思いだせませんから」

秀一が顔をしかめて言った。

辰治の尋問は、けっして愉快な体験ではなかったようだ。

「すまぬことをした。辰治には、拙者も手を焼いているところがあってな。しかし、岡っ引としての腕はたしかだぞ。

ところで、またもや同じ話なのだが、ちと進展があってな。

そのほうが出合茶屋の福田の窓から見た男だ。思いだしてくれ。

もしかしたら、及川の奉公人ではなかったか」

「えっ」

秀一は、きょとんとした顔になった。

続いて、表情が明るくなる。

「そうです、そうです。及川でした。いま、思いだしましたよ。なぜ、これまで思いだせなかったのでしょうね」

「名は、覚えているか」

「え〜と、そ、そ……、たしか、そ……」

「宗兵衛ではなかったか」

「そうです、宗兵衛さんです。手代の宗兵衛さんです」

「なぜ、宗兵衛を知っているのか」

「及川で煙草入れをあつらえたものですから。そのとき、あたしの相手をしたのが宗兵衛さんでした」

そこまで言ったあと、急に秀一の顔が陰った。

恐るおそるという口調で、春吏に尋ねる。

「宗兵衛さんはどうなったのですか」

「死んだよ。首を吊って自殺した。

宗兵衛が死んでしまい、自白は得られなかった。そのため、いまひとつ、確信が持てなかった。

だが、そなたが思いだしたことで、もう決まった」

「そうでしたか。宗兵衛さんはもう逃げられないと見て、自殺したのですか」

「そうだろうな。召し捕られていたら、おそらく獄門だろうよ」

秀一がかすかに身震いした。

寒気を覚えたのであろう。

「お為とうまくいっていないようだな」

「へい、まあ」

秀一が口ごもる。

春更はこんなとき、辰治ならずばり、

「おい、お為はもう、させてくれないのか」

などと言い放つのだろうなと思った。あまりに下品である。しかし、意外と返答を引きだす効果があるのもたしかであろう。

もちろん、春更は口にはしない。

七

春更が沢村伊織の家に顔を出すと、お繁がにこやかに迎えた。

「あら、見違えましたわ」

「いや、この格好は窮屈でかないません。とくに、腰に二本棒を差して歩くのは気づまりというか、肩が凝るというのか」

伊織が声をかける。

「おう、あがってくれ。ちょうどよいところに来た。これから昼飯なのだが、立花屋から届いた仕出料理がある。一緒に食べよう」

昨日、鯵を立花屋に持ちこみ、料理人の太助に煮付けにしてもらった。そして、その大部分を立花屋に進呈した。

すると、その返礼として、さきほど、「鰤《ぶり》の煎炙《いりやき》」が届いたのだ。いかにも仕出料理屋らしい、凝った料理である。

「なにか、いい匂いがしているなと思ったのですが、鰤の煎炙ですか。しかし、初めて聞きます。どんな料理ですか」

春更が台所のほうを見ながら言った。

お繁が説明する。

「鰤の切身を、胡麻油を塗った鍋で焼くのです。

焼魚は網に乗せ、直火で焼くのが普通です。鍋で焼くというのが独特でしてね。

鍋で切身の両面を焦げ目がつくほど焼いたら、酒と砂糖少々を入れ、そのあと、醤油を少しずつくわえながら煮立てます。

煮汁が少なくなり、煮詰まったらできあがりです」

仕出料理屋の娘だけに、お繁は調理法にはくわしい。だが、自分で料理をしたことはなかった。魚をさばいたこともあるまい。

それを知っているだけに、伊織はお繁が滔々《とうとう》と説明するのをそばで聞きながら、笑いをこらえる。

いっぽう、春更は感心しきりである。

「ほう、そんな手間のかかる料理は、裏長屋の台所では無理ですな。いや、武家屋敷の台所でも無理ですぞ」

下女のお熊が、膳に飯と鰤の煎炙を乗せて、運んできた。

伊織と春更、それに長次郎の前に膳を出す。今日も伊織に誘われ、長次郎は昼飯を師匠の家で食べることになったのだ。

春更は鰤を口にしたあと、感激したように言った。

「陶然《とうぜん》とはこのことですね。陶然は普通、美酒に用いますが、鰤の煎炙に用いてもかまいますまい」

伊織はさすが戯作者だと、春更の評言に感心する。

口の中で身がほろりと崩れ、嚙みしめると鰤の脂と旨味が広がった。なにより、香ばしさが食欲をそそる。

いっぽう、長次郎は陶然の意味がわからないようだったが、美味なのはわかる。いかにもうまそうに食べ、ご飯のお代わりを頼んでいた。

台所では、女ふたりが膳に向かっている。

お熊が感にたえぬように言った。

「こんなおいしいものは、あたしは生まれて初めて食べましたよ。ご新造さまは立花屋にいたころ、しょっちゅう、こんなおいしいものを食べていたのですか」

「こういう料理は、お客に届けるものですからね。あたしなどが食べるものですか。

あたしゃ店の者は普通に、昼食は冷ご飯にお湯をかけ、鹿尾菜《ひじき》と油揚の煮付けに、香の物くらいでしたよ。たまに、鯵や鰯の塩焼きがついたでしょうかね。

でも、じつを言うと、お父っさんやおっ母さんの目を盗んで、料理人の太助どんに頼んで、お客に届ける料理をちょいと、味見させてもらうことはありましたけどね。

そういうときって、本当においしいのよね」

お繁が楽しそうに笑った。

昼食を終え、膳がさげられたあと、春更が伊織にこれまでの報告をした。

聞き終えた伊織が言う。

「左官の半六は及川に押しかけていったわけだが、もし宗兵衛がお絹と関係があったとわかったら、どうするつもりだったのだろうか。もちろん、そこまで先のことは考えてはいなかったのだろうが」

「職人で、腕っぷしには自信があるでしょうから、

『この野郎め』

と、宗兵衛に二、三発、喰らわせて白状させ、辰治親分に引き渡したのではないでしょうか」

「うむ、そんなところだろうな。しかし、お絹と関係があった者はわからず、半六は空しく引きあげた。

だが、半六がやってきたことが宗兵衛を動転させ、首吊りに追いこんだわけだな。いわば、孫六とお絹を殺したのは自分ですと告白しているようなものだ。

しかし、本人がはっきり自白したわけではないからな。いまひとつ、断定できない憾《うら》みがあった」

春更が得意げにほほ笑む。

「そこで、秀一の証言です。出合茶屋の福田から見た男について、秀一は、

『どこかで見た記憶はあるが、どこの誰か思いだせない』

と述べていたわけです。

焦れったいかぎりですがね。そこで、わたしが及川を示唆すると、秀一はたちまち思いだしましたよ」

「うむ、そうだな。秀一の証言で、確信がえられた。

それにしても、今回、そなたの役割は大きいぞ。核心に迫れたのは、そなたのおかげと言っても過言ではない」

「たまたま、はったりが利く相手だったですから」

春更は伊織に褒められ、まんざらではなさそうだった。

伊織が話を続ける。

「上野北黒門町の妾宅で、左官の親方の孫六が刺殺された。不忍池では、文字苑師匠の弟子のお仙が溺死し、孫六の囲者だったお絹が絞殺されて水に放りこまれた。池之端仲町の及川では、手代の宗兵衛が首を吊って自殺した。

十日足らずの間に、孫六、お仙、お絹、宗兵衛と、四人が死んだ。

しかも、この四人の死は直接、間接に絡みあっていた。そして、下手人が判明したときには、すでに死んでいた。

いかにも、こみいった事件だったな」

「ひとつ、よくわからないのが、囲者のお絹と間男の宗兵衛です。ふたりはどこで知りあい、どうやって密会していたのでしょうか」

「すでにふたりとも死んでいるから、もはや本人に問いただすことはできない。類推するしかないわけだが。

　おそらく、ふたりの出会いは及川ではなかろうか。お絹が及川でなにかをあつらえたとき、応対したのが手代の宗兵衛で、それがきっかけだったのではなかろうか。

　もしかしたら、孫六の囲者になる以前、深川で芸者をしているときから知っていたのかもしれない。左官の半六はいい面《つら》の皮だが、お絹には宗兵衛と半六と、ふたりの情男がいたのかもしれないな。

　また、宗兵衛が妾宅に忍んでくるのは、下女のお捨は知っていたはずだ。もしかしたら、手引をしていたかもしれぬ。岡っ引の辰治親分にもぼろを出さなかったくらいだから、したたかな女だと思うぞ。いまは、米屋で住みこみの下女奉公をしているようだ」

「わたしは今回の事件を、戯作に仕立ててもいいなと思っているのですが、なんともこみいっていましてね」

「私が思うに、死亡した日と、死体が発見された日が違うため、こみいってしまうのではなかろうか。

事件を発生順に整理してみると、わかりやすくなる気がするぞ」

「なるほど、そうですね、まず、日に分けて整理してみましょうか」

「そうだ、よし、そなたの新作の発表会の場を作ろう」

「え、どうするのですか」

春更が驚いて言った。

伊織が自分の構想を説明する。

聞き終えた春更の目は輝いていた。

「わかりました。やりましょう」

やる気満々だった。

第四章　戯　作

一

湯島天神門前にある沢村伊織の家は、まるで盛り場の講釈場のような熱気に包まれていた。

演者は、佐藤鎌三郎のいでたちをした春更である。ただし、腰には大刀も脇差も差していなかった。

聴衆は、伊織、同心の鈴木順之助、岡っ引の辰治、及川の主人の作左衛門、左官の半六、上野北黒門町の町役人の小右衛門、そして常磐津文字苑である。

鈴木はいつもの「八丁堀の旦那」の格好ではなく、十徳《じっとく》を着て角頭巾《すみずきん》をかぶり、脇差も帯びていない。今日は非番ということもあるのだが、来年にも予定している隠居の予行演習のつもりなのかもしれなかった。

妻のお繁と下女のお熊、それに弟子の長次郎はもう座りきれないため、遠慮して台所に控えている。

伊織が開演を告げた。

「では、これから戯作者春更どのが、執筆予定の戯作の梗概《こうがい》を披露いたします」

引きこんだ伊織に代わって、聴衆の前に座った春更が挨拶をする。

「では、これからはじめますが、戯作ですので登場人物には敬称をつけず、呼び捨てにさせていただきます。なにとぞ、ご了承ください。

また、実際には見ていないことも、見てきたように語りますが、これは戯作ですから、登場人物の動きを描かねばなりません。そのための語りとご理解ください。

川柳に、

講釈師見てきたような嘘を言う

とありますが、けっして講釈師と一緒にしないようお願いいたします。この戯作では、けっして嘘は申しません」

前置きをしたあと、春更が語りはじめた。

＊

○前段

神田明神下同朋町に、孫六という左官の親方が住んでおりました。また、孫六の家には、一番弟子の半六が独り身ということもあって、住んでいました。

この半六は、かねてより深川のお絹という芸者と深い仲でした。お絹は二の腕に、「三命」という入れ黒子を彫っていたほどです。

ところが、孫六が深川で遊んだおり、お絹を見初めたのです。もちろん、弟子の半六と深い仲なのは夢にも知りません。

やがて、お絹に熱をあげた孫六は身請けし、囲者にしようとします。これを知った半六の苦悩は察するにあまりあります。

だが、半六は親方を裏切ることはできないと考え、いさぎよく身を引いてお絹と切れました。お絹はこのとき、灸を据えて三命の入れ黒子を焼き消しました。

孫六は首尾よくお絹を請けだすと、上野北黒門町に家を借り、ここにお絹を囲いました。

これが、悲劇のはじまりだったのです。

孫六はお絹を囲うと、自慢したかったのでしょうが、しばしば半六を妾宅に連れていこうとしました。半六はなにかと理由をつけて断っていたのですが、一度だけ、断りきれずに妾宅に供をし、お絹と対面しています。

しかし、お絹のそつのない対応で、孫六がかつてのふたりの仲に気づくことはありませんでした。

いっぽう、孫六の囲者となったお絹は、火遊びをはじめました。袋物屋「及川」の手代宗兵衛と密通したのです。知りあったのは、お絹が及川で買い物をしたときでしょうね。宗兵衛は孫六の目を盗み、妾宅に忍んでいくようになりました。手引をしていたのは、下女のお捨と思われます。

しかし、やがて、孫六はお絹に間男がいるのではないかという疑いを抱くようになりました。

○第一日

どうやって調べたのかはわかりませんが、孫六はこの日、間男が妾宅に忍んでいくことを嗅ぎつけました。そして、間男の現場を押さえるべく、孫六は普請場を半六に任せて抜けだすや、ひとりで上野北黒門町に向かったのです。

妾宅に乗りこんだ孫六は、お絹と宗兵衛が抱きあっているのを見て、

「てめえ、よくも間男をしやがったな」

と、怒鳴りました。

宗兵衛は孫六の剣幕に怖気づき、あわてて逃げだしました。ところが、孫六がお絹を殴りつけようとしているのを見て、とっさに台所の包丁を手に取ったのです。包丁を構え、孫六に言いました。

「お絹さんから手を離せ」

ところが、孫六は老人とはいえ身体は屈強で、度胸もあります。かたや、宗兵衛は華奢な優男でした。

孫六は鼻でせせら笑い、

「刺せるものなら、刺してみろ。てめえ、手がぶるぶる震えているじゃねえか。この泥棒猫が」

と、包丁を奪おうと、つかみかかります。

宗兵衛のほうが怖かったのでしょうね。もう、必死で、無我夢中で刺したのです。

孫六が倒れたあとも、反撃を恐れるあまり刺し続け、八か所も刺したほどでした。

ハッと我に返り、宗兵衛は愕然としました。

そばで、お絹も呆然としています。

宗兵衛が言います。

「これから、どうしよう」

「誰もおまえさんのことは知らないわ。お捨だって、おまえさんの名も顔も知らないんだから」

「じゃあ、逃げよう」

「そのままじゃ駄目よ、着物は血に染まっているわ。そうだわ」

お絹が箪笥から孫六の着物を取りだし、宗兵衛の着物の上から着せました。

そして、ふたり手に手を取って、妾宅から逃げだしたのです。

湯島天神門前の料理屋「恵比寿屋」の娘のお為は、文字苑師匠に常磐津と三味線を習っていましたが、十五歳ながら、男関係が乱脈でした。

同じく門前の薬屋「伊勢七」の息子、秀一はこのところお為といい仲になり、逢引きには不忍池のほとりにある出合茶屋「福田」を利用していました。

この日も、不忍池のほとりで待ちあわせ、福田に行く約束をしていたのです。

お為が待ちあわせの場所に向かっていると、門前の一膳飯屋「藤屋」の娘のお仙と出会いました。お仙は十歳ですが、文字苑師匠に三味線を習っており、稽古帰りだったのです。

お仙はお為を見て、ついてきました。なにか楽しいことがあると期待したのかもしれません。とうとう、お仙は、お為と秀一の待ちあわせの場所までついてきてしまいました。

ふたりにとって、お仙は迷惑千万です。そこで、お仙をまいてしまうことにして、木陰や草むらに身を隠しながら、逃げだしたのです。

急にお為の姿が消え、置き去りにされたお仙は焦りました。泣きべそをかきながら、

「お姉ちゃん、お為ちゃん」

と呼びながら、やみくもにあとを追っかけたのです。そして、足を踏み外して池に落ち、溺れ死んだのです。

お為と秀一はお仙の声が聞こえなくなったのを、あきらめて家に帰ったのだろうと考えて安心し、福田にあがりました。

宗兵衛とお絹は無我夢中で不忍池のほとりまで逃げてきて、ひとけのない場所でひと息つきました。

それまで恐慌状態だったお絹ですが、落ち着くと、逃げるのは得策でないと気づきました。へたをすると、自分が殺したと疑われます。そこで、妾宅に帰ることにしたのです。

宗兵衛とお絹の間で、激しい口論になりました。お絹が帰れば、宗兵衛は身の破滅になります。そこで、宗兵衛はお絹の首を絞めたのです。

非力な男でしたが、必死だったのでしょうね。お絹を絞め殺すと、池のそばまで引きずっていきました。そのとき、髪から黄楊の櫛が落ちました。

お為と秀一は、福田の一室で房事を堪能しました。

風にあたりたかったのかもしれませんが、秀一が窓の障子を細目に開けて外を見ると、男が女を引きずり、池に押しこむところでした。

もちろん、秀一はその男と女を知りません。だが、男のほうに見覚えがある気がしたのですが、思いだせませんでした。じつは、秀一は及川で煙草入れをあつらえたことがあり、そのときの手代が宗兵衛だったのです。

秀一は、自分が目撃したことを自身番に届けるのはためらいました。なまじ届けると、お為と出合茶屋に行ったことがばれるからです。

福屋を出て、門前に帰ってくると、藤屋の娘のお仙が行方不明だとして騒ぎになっています。秀一は驚き、恐れました。

お仙を置き去りにしたことが知れると、自分とお為はなんらかの咎めをまぬかれないかもしれません。

そこで秀一は口をつぐみ、お仙と出会ったことや、窓から目撃したことを誰にも話しませんでした。

お為も同様、お仙が自分についてきたことを口外しませんでした。

お絹に外出するよう言われていた下女のお捨は、上野北黒門町の妾宅に帰ってきて、孫六の死体を発見しました。

お捨が自身番に届け、大騒ぎになります。自身番から町役人の小右衛門らが検分に来るいっぽうで、自身番から岡っ引の辰治のもとに使いが走りました。

やがて、辰治がやってきて、お捨を尋問し、死体は神田明神下同朋町の左官の親方の孫六、囲われていた女はお絹だが、所在が知れないことがわかりました。

そして、夜のあいだは辰治の子分が番をして、第一日が終わりました。

○第二日

朝、定町廻り同心の鈴木順之助が自身番に巡回に来たので、町役人の小右衛門が町内で殺人事件が起きたことを告げ、検使を要請しました。

鈴木が妾宅に着くと、すでに辰治が待っていました。あらためて検分していきます。

状況から見て、鈴木は当初、囲者のお絹が旦那の孫六を殺して逃亡したのだろうと見ていました。

しかし、下女のお捨を尋問して、お絹に間男がいた疑いが浮上しました。だが、間男がどこの誰なのかはまったく不明です。

いっぽう、お捨の供述から、孫六には半六という一番弟子がいて、一度、妾宅に供をしてきたことがあるのがわかりました。

辰治が出かけ、いちおう半六を尋問しましたが、新しいことはなにもわかりませんでした。

最大の手がかりであるお絹の行方は依然、知れません。実際は、すでに不忍池の底に沈んでいたのですがね。

こうして、肝心のお絹が見つからないため、調べも頓挫して、第二日は終わりました。

○第三日
辰治は念のため、下女のお捨を尋問しましたが、はかばかしい結果は得られませんでした。
こうして、第三日は空しく終わりました。

○第四日

朝、不忍池に女の死体が浮いているのが発見されました。

知らせを受けた辰治は、お絹ではあるまいかと思ったのですが、自分は顔を知りません。そこで、左官の半六を引っ張り、現場に行きました。

すでに同心の鈴木が検分を済ませており、女は首を絞めて殺されたあと、水に放りこまれたようでした。

半六が女の顔を見て、さらに二の腕に彫物を灸で焼き消したあとがあるのを確かめ、お絹であると確認しました。

だが、この半六の行為を見て、鈴木と辰治はにわかに疑いを抱きました。半六がお絹とただならぬ仲だった疑惑が強まったのです。半六こそが、お絹の間男だったのかもしれません。とすると、孫六を殺したのは半六かもしれないのです。

鈴木は諸般の事情を勘案し、辰治に半六の尋問を任せて、自分は次の巡回に向かいました。

辰治が尋問し、半六は自分が芸者時代のお絹の情男だったこと、親方の孫六がお絹を囲者にするのを知ってきっぱりあきらめ、別れたことを打ち明けました。だが、お絹が囲者になったあと、「焼け棒杭に火がつく」ことも考えられます。つまり、半六こそが間男だったかもしれないのです。とすると、孫六を殺したのは半六です。

辰治は、第一日目の半六の行動を調べました。すると、半六が一日中、普請場にいたことが確認できました。妾宅に行き、孫六を殺すことはできません。半六は間男ではなかったのです。

かくして、第四日目は、不忍池に浮かびあがった死体がお絹である、と確認されただけで、とくに進展もなく終わりました。

○第五日
朝、女の子の溺死体が不忍池に浮かんでいるのが発見され、お仙と確認されました。

沢村伊織は常磐津文字苑に往診を依頼され、出向くと、実際はお仙に関する相談でした。というのも、第一日、文字苑の下女が、お為とお仙が連れだって不忍池の方向に歩いているのを目撃していたのです。

文字苑にとって、お為とお仙はともに弟子です。「お為がお仙を池に沈めたのではなかろうか」という想像は、文字苑にとって耐えがたいものでした。そこで、伊織に調べを依頼したのです。

伊織は医者である自分が動くのは難しいため、弟子の春更に依頼することにしました。春更は、そういう調査に習熟していたのです。

夜、伊織は春更の住む須田町に出向き、いきさつを話しました。

○第六日

春更は湯島天神門前に行き、まず恵比寿屋の娘のお為を尋問しました。

お為は、伊勢七の息子の秀一と出合茶屋に行きたいがため、ついてきていたお仙をまき、置き去りにしたことを認めました。そして、ここではじめて、秀一の名が浮上したのです。

次に、春更は秀一を尋問しました。

秀一が述べた事実関係は、お為の話と矛盾はありませんでした。だが、このとき、秀一は出合茶屋の窓から、男が女の身体を不忍池に押しこんでいるところを見たと打ち明けたのです。日時や場所からして、第一日の宗兵衛がお絹を水に沈めるところだったに違いありません。

もちろん、このとき、秀一は宗兵衛やお絹の名は知りませんでした。

ただし、秀一は男について、どこかで見たことがある顔だったと証言しています。つまり、秀一が思いだしさえすれば、いっきに孫六殺しやお絹殺しの下手人が判明する段階になったのです。

春更は秀一に案内させ、目撃したあたりに行き、周囲を調べました。そして、黄楊の櫛が落ちているのを発見しました。女が引きずられていくとき、髪から落ちたと思われます。

○第七日
伊織は須田町の診療所に出かけ、ここに春更が来て、第六日の成果を報告しました。


左官の半六は、孫六とお絹を殺した間男が誰であろうと考え続けていましたが、ふとお絹が及川で袋物をあつらえていたことを思いだしました。

たしかな根拠があったわけではないのですが、半六は犬も歩けば棒に当たるくらいの気持ちで、及川に出かけていき、お絹に応対した奉公人を尋ねたのです。

半六の問いをそばで聞き、宗兵衛は驚いて、とっさに雪隠に隠れました。そのため、半六は宗兵衛と対面することもできず、空しく帰りました。

宗兵衛は半六の出現に怯《おび》えました。半六を町奉行所の役人の手先と誤解し、自分が疑われていると思ったのです。宗兵衛は捕縛されるのを恐れ、深夜、及川の物置で首を吊って自殺しました。

○第八日

朝、宗兵衛の死体が発見されましたが、及川の主人の作左衛門と番頭は自殺者が出ては店の体面にかかわると考え、盗賊に絞殺されたように偽装しました。そして、自身番に届け出たのです。

同心の鈴木が検使に来て、偽装を見抜きましたが、事を荒らげないほうがよいと考え、真相解明を岡っ引の辰治と医師の伊織に任せました。

伊織が検屍をおこない、宗兵衛が絞殺されたのではなく、縊死であると断定しました。作左衛門は偽装を認め、謝罪しました。

及川を出たあと、辰治と伊織は蕎麦屋で語りあいます。

伊織が、お仙が不忍池で溺死した件を話しました。

辰治が、上野北黒門町の孫六殺しと、不忍池のお絹殺しを話しました。

ふたりの話を突きあわせると、なんと、事件が密接に絡みあっていることがわかったのです。そして、秀一が目撃した男こそ、お絹の間男であり、また孫六とお絹を殺した下手人と思われました。

しかし、秀一が思いださないかぎり、男が誰だかはわかりません。


夜、宗兵衛の自殺に疑惑を深めた作左衛門は、番頭とともに、宗兵衛の私物をあらためました。そして、血染めの着物を発見しました。また、帳簿を点検し、宗兵衛が不正を働いていたことをつかみました。

○第九日
朝、作左衛門は奉公人ひとりひとりを呼び、宗兵衛の素行について質問しました。

このとき、第七日に職人らしき男が及川に訪ねてきて、それ以来、宗兵衛の態度が上の空だったことがわかったのです。

夜、作左衛門は伊織を訪ね、発見した血染めの着物を見せました。また、職人らしき男が宗兵衛を動揺させ、自殺につながったらしいことを告げたのです。伊織は宗兵衛こそお絹の間男であり、孫六とお絹を殺した下手人であろうとほぼ確信しましたが、決定的な証拠や証言がありません。宗兵衛自身は死んでおり、もはや自白は得られないからです。

○第十日

朝、伊織は須田町に出向き、ふたたび春更に調べを依頼しました。

春更は普請場に半六を訪ね、第六日に不忍池の近くで拾った黄楊の櫛を見せたところ、南天の実の彫りがあることなどから、お絹の櫛であると断言しました。また、第七日に及川に出かけたことについて認めました。しかし、一縷の望みを抱いていただけで、とくに宗兵衛という人間が念頭にあったわけではないことがわかりました。

次に、春更は湯島天神門前に、伊勢七の息子の秀一を訪ねました。そして、第一日に出合茶屋の窓から目撃した男について、

「及川の宗兵衛ではないか」

と尋ねたところ、秀一は、

「思いだしました。あれは宗兵衛さんでした」

と、はっきり認めました。

秀一は及川で煙草入れをあつらえたことがあり、そのとき応対したのが手代の宗兵衛だったのです。

かくして、決定的な証言が得られたわけです。

春更は伊織を訪ね、これまで得られたことを突きあわせ、総括しました。

そして、囲者のお絹の間男だったのは宗兵衛、また、左官の親方の孫六を刺し殺し、お絹を絞め殺して不忍池に沈めたのも宗兵衛と、結論付けたのです。

＊

春更の独演が終わった。

聴衆を見まわし、伊織が言った。

「いまの説明になにか矛盾はありましたか。あるいは、なにか質問がございますか」

さっそく、辰治が言った。

「及川の手代の宗兵衛は、孫六とお絹のふたりを殺した極悪人ですぜ。宗兵衛の主人である作左衛門さんの処罰はどうなりやすかね」

作左衛門は身を固くし、うつむいている。あらためて恐怖がこみあげてきたようだ。

鈴木が言った。

「そうさな、宗兵衛が生きていて、召し捕られた場合、作左衛門どのも奉行所のお白洲に座らされることになろうな。そして、『家事不取締《かじふとりしまり》』として、なんらかの処罰をまぬかれまい。

しかし、宗兵衛はもう死んでおる。作左衛門どのを奉行所に召しだす手間をかけることもあるめえよ。

おい、辰治、もう役人の仕事を増やさんでくれよ」

聞きながら伊織は、鈴木と辰治は事前に打ちあわせをしていたに違いないと察した。それとも、阿吽《あうん》の呼吸であろうか。

鈴木はこの機会をとらえて、及川や作左衛門は処罰されないと明言したのだ。

辰治がさらに言う。

「旦那、では、妾宅の下女をしていたお捨はどうなりやすか。

お絹と宗兵衛の手引をしていたに違いありやせんし、旦那やわっしの問いにもはぐらかし、本当のことを言っていやせん。とんでもない性悪婆ぁですぜ。

小右衛門さんの世話で、いまは素知らぬ顔で米屋で奉公していやすがね」

聞きながら、小右衛門の顔が強張っていた。やはり、自分も連座しかねないからだ。

鈴木が言う。

「密通の手引をしていたのは、不届きだな。また、町奉行所の役人や、十手をあずかる岡っ引に正直に答えなかったのも不届きだ。

本来であれば奉行所に呼びだし、『屹度叱《きっとしかり》』くらいが妥当であろう。しかし、小右衛門どのの尽力で、あたらしい奉公先で働きはじめたばかりだ。ここは小右衛門どのの顔を立てよう。まあ、奉行所に召しだすまでもなかろうぜ。いわば、お目こぼしだな」

「そうですかい、わかりやした。

では最後に、秀一とお為はどうなりやすか。自分たちが出合茶屋で早く『ちんちん鴨』をしたいばっかりに、十歳の女の子を置き去りにし、あげくは不忍池で溺れ死にさせたのですぜ。罪がないとは言えませんがね。

それに、胡乱《うろん》なのはお為もお仙も、文字苑師匠の弟子ですぜ。師匠にもなんらかのお咎めがあってしかるべきだと思いやすがね」

聞きながら、文字苑がなんともつらそうな顔をしていた。

鈴木の表情にも苦渋がある。

「そうよなぁ、罪がないとは言えないが、秀一とお為はいわば、あまりに軽薄で、自分勝手だったということだろうな。

死んだお仙が気の毒だが、秀一とお為を召し捕ることはできぬだろうな。ふたりも、てめえに尋問されて、震えあがったろうよ。まあ、いい薬になったであろう。以後、ふたりがおこないを慎めばよいがな。

それに、文字苑師匠については、責任があるとは思えぬ。不運と言うしかあるまいよ。妙な評判が立つかもしれないが、『人の噂も七十五日』と考え、やりすごすしかないだろうな」

鈴木が三件について意見を述べるのを聞きながら、伊織はいわゆる「大岡裁き」だと感心した。

散会となり、それぞれが帰り支度をはじめる。

春更が半六に声をかけた。

「お絹の櫛だ。そなたが持っているのが、いちばんよかろう」

「へい、ありがとうごぜえやす」

黄楊の櫛を受け取りながら、半六が深々と頭をさげた。

表情には憔悴の色が濃い。

今回の事件で、もっとも大きな心理的打撃を受けたのは、半六かもしれなかった。

かつての愛人のお絹と親方の孫六が殺され、しかもお絹が間男をしていたのがわかったのだ。

伊織はそばで見ながら、半六は礼を述べながら櫛を受け取ったが、もしかしたら捨ててしまうかもしれないなと感じた。

二

みなが帰ったあと、常磐津文字苑だけが取り残されたように座っていた。立ちあがる気力がないかのようでもある。

お繁が気を使って、向きあって座った。聞き役を務めるつもりのようだ。

文字苑がぽつりと言う。

「お繁ちゃん、あたしはもう疲れたというか、いやになったというか。もう、稽古所は閉めようかと思ってね」

「お師匠さん、なにを気の弱いこと言っているのよ」

お繁が声を励ました。

沢村伊織はそばで聞きながら、もしかしたら文字苑は、さきほどの岡っ引の辰治の言辞を気に病んでいるのかもしれないと思った。となると、弁明しておいたほうがよい。

「師匠、辰治親分の言葉を気にしているとすれば、そんなことは無用ですぞ。あれは同心の鈴木順之助さまと親分の、一種の掛けあいのようなものでしてね。親分がことさらに、おおげさに糾弾し、鈴木さまがはっきり否定するという形式だったのです。いわば、芝居です。

つまり、鈴木さまは、師匠は無罪であると、みなの前で言い渡したかったのです」

それでも、文字苑はやはり元気がない。

「はあ、そうなのですか。

たしかに、鈴木さまが言うように、噂は七十五日かもしれませんけどね。しかし、あたしの稽古所なんぞ、七十五日もお弟子が来なかったら、それこそ干上がってしまいますよ」

「でも、稽古所を閉めて、お師匠さん、そのあと、どうするんですか」

「また、深川で芸者をやろうかと思ってさ。これでも、まだ年増芸者で通用すると思うんだけどね。いや、大年増芸者だわね。どうかしら」

「そうですね」

お繁も返答に窮している。

伊織は、たしかに芸者に戻るのがいちばんいいのかもしれないと思ったが、さすがに口に出すのは遠慮した。

文字苑はしんみりと、

「死んだお絹さんも、深川で芸者だったそうだしね」

と言ったあと、ふっと表情が変わった。

口に出そうか出すまいか、ためらっている。

伊織がうながす。

「どうかしたのですか。遠慮なく言ってください」

「春更さんの戯作で、すべて解決したあとになって、こんなことを言いだすのは気が引けるのですがね。

さきほど、左官の半六さんと会いましたが、あたしは深川にいたときに見かけたことがありましたね。しかし、たぶん半六さんは、あたしがわかっていなかったはずです。芸者のころの髪型や化粧と、いまはまったく違いますからね」

「なるほど、そうでしょうな」

伊織は納得しながら、文字苑の話が意外な方向に行きそうな予感がしていた。

「浜吉《はまきち》という芸者がいまして、その情男が半六さんだったのです。浜吉さんこそ、お絹さんでしょうね。もうお絹さんは亡くなっているので、あたしは顔を確かめることはできませんが。

親方の孫六さんはしばしば深川で遊び、宴席にお気に入りの浜吉さんを呼んでいました。

孫六さんが浜吉さんを宴席に呼んだあと、もしかしたらその前かもしれませんが、半六さんは浜吉さんと色事を楽しんでいたはずですよ」

文字苑がさらりと言う。

伊織は疑問を覚えた。

「なぜ、そんな他人の色事のことまで知っているのですか」

「芸者は芸者置屋で身支度をしながら、おたがい男を騙《だま》した自慢話をしているのです。そうして笑い転げながら、手練手管《てれんてくだ》を学びあっていると言えるかもしれませんね。

そのため、それぞれの金蔓《かねづる》の旦那と、色事を楽しむ情男が誰なのか、おたがいにあきらかにし、承知しているのです。重なりあうと、大変なことになりますからね。それでも、重なって大喧嘩になることはあるのですがね。

ともかく、おたがいに他人の得物《えもの》には手を出さないという、仁義があるのです。

深川の芸者の知恵でしょうか」

「なるほど、そうなのですか」

伊織もやや毒気を抜かれた気分だった。

お絹は芸者時代、自分には左官の半六という情男がいること、さらに左官の親方の孫六という金蔓がいることを、芸者仲間に公言していたことになろう。

文字苑は話を続ける。

「あたしが芸者をやめる少し前のことです。浜吉さんが孫六さんに請けだされ、囲者になるという噂を聞きました。あたしと浜吉さんは置屋が違いましたから、本人から聞いたわけではありません。

そして、こんな笑い話が伝わってきました。

浜吉さんは二の腕に、『三命』という入れ黒子をしていたのです。

芸者仲間に、浜吉さんはこう言っていたそうです。

『半六なので、三命にしたのだけど、いっそ六命にしておけばよかった。そうすれば、今度の旦那が孫六だから、流用できたはずよ。まったく、熱い思いをして三命を焼き消さなければならないわ』

そして、みな大笑いしたそうですがね。

なかなかおもしろい話だったので、あたしもおおいに笑ったものでした」

伊織は複雑な気分だった。

親方の孫六がお絹を宴席に呼んでいるころ、それを知りながら、半六はお絹と密会していたことになる。きわどい逢瀬を楽しんでいたことになろうか。

これまで聞いていた、半六がお絹に因果を含め、みずからいさぎよく身を引いたという話とは、やや事情が異なるようだ。

孫六の囲者になることで、お絹は半六を捨てたのではないだろうか。

とすると、半六はお絹を恨んでいたことになる。

伊織がそんなことを考えていると、お繁としばらく雑談していた文字苑も腰をあげ、帰っていった。

三

若い男が血相を変えて玄関に駆けこんできた。

走るためなのか、着物を尻っ端折りし、下駄は脱いで手に持っていた。荒い息をしながら、途切れ途切れに言う。

「先生、大変です。すぐ来てください」

「どちらから、いらっしゃいましたか」

　上框に座ったお繁が、物静かに尋ねる。

　診療所の受付をするようになってから、お繁はどんなとき、どんな相手に対しても落ち着き、冷静に対応しなければならないのを心得ていた。こちらが冷静でいることで、興奮している相手も徐々に落ち着くからだ。

「へ、へい、料理屋の恵比寿屋の者で、弥吉《やきち》と申します」

「誰が、どうなさいましたか」

「へい、あたくしどものお嬢さんのお為さんが、湯島天神の坂から転がり落ちましてね。しかも、ひとりじゃなくて、男ふたりと団子のようになって落ちたものですから」

　沢村伊織にはすべて聞こえていた。

　ちょうど、慢性の胃の痛みがあるという患者の診察をしていたのだが、坂から落ちたと聞いて驚いた。

　顔をあげて、声をかける。

「男坂か、女坂か」

「へい、男坂です」

「坂の上から下まで転がり落ちたのか」

「いえ、五、六段上のあたりから落ちたようですが」

「三人はどのような状態か」

「へい、お嬢さんは痛がって泣き叫んでいますし。男のひとりは薬屋の伊勢七の若旦那で、秀一さんでして、痛みでうめいています。もうひとりは見慣れない男ですが、やはり痛みでうめいています。

男ふたりと女ひとりが地面に倒れて、のたうちまわっているありさまでして」

それを聞いて、伊織は急がねばならぬと思った。
五、六段とはいえ、石段から三人がもつれあって落ちたとなれば、骨折などの恐れがある。
骨接ぎは伊織の専門ではないし、とくに訓練も受けていなかった。しかし、応急手当てぐらいならできる。

伊織は目の前の患者に言った。

「お聞きのような状況で、すぐに治療に行かねばなりませぬ。しばらく待っていただきたいが、よろしいですか」

「へい、あたしはかまいませんから、先生、早く行ってやってくださいな」

四十代の男はものわかりがよかった。

伊織は妻に言った。

「では、お繁、あとを頼むぞ」

「はい、いってらっしゃいませ」

「先生、薬箱は必要ですか」

弟子の長次郎が早くも用意している。

伊織は長次郎に薬箱を運ばせながら、思いついて言った。

「お繁、晒《さら》し木綿《もめん》を出してくれ」

すばやく用意をととのえ、家を出る。

晒し木綿をかかえた弥吉、薬箱をさげた長次郎とともに男坂に向けて、足早に歩きながら、伊織はほぼ状況は想像がつく気がした。

お為と秀一に、別な男がいる。きっと、男女関係のもつれが原因であろう。

同じ町内に住みながら、伊織はまだ秀一やお為と面識はない。しかし、春更の報告を通じて、ふたりの人物像はおおよそわかっていた。

伊織は歩きながら、ひそかにため息をついた。

男坂の下に十人近い男女が集まっていた。

弥吉が声をかける。

「先生に来ていただきましたよ」

人の輪が割れ、三人が地面に倒れているのが見えた。

伊織はざっと眺めて、お為がいちばん重症らしいと見た。そばにしゃがみ、問いかける。

「痛いのはどこか」

「右の足首のあたりです」

お為が泣き声で答えた。

顔は涙と泥で汚れている。かなりの美貌と聞いていたが、見る影もなかった。

伊織が手のひらをあてると、それだけでお為はうめいた。足首のあたりがぷっくり腫れ、熱を帯びていた。

(捻挫だとしても、かなりひどいな。骨の一部が折れているかもしれぬ)

次に、男のひとりに問いかける。

「そなたの名は」

「秀一でございます」

「痛むところはどこか」

「はい、左の手首です」

伊織が見ると、水膨れのように腫れていて、手で触れるとやはり熱を帯びている。骨にひびがはいっているようだった。もしかしたら、どこかが折れているかもしれない。

最後のひとりは、秀一よりやや年長のようだが、二十歳にはなっていないようだった。手で胸を押さえて苦しがっている。

「そなたの名は」

「へい、湯島三組町の丈助と言います」

「見せてくれ」

丈助の手をどかせると、右胸の一部が赤黒く変色し、熱があった。

伊織が指先で軽く触れただけで、丈助は、

「痛い」

と悲鳴をあげる。

打撲傷だが、もしかしたら、あばら骨の一本にひびがはいっているかもしれなかった。

　伊織が弥吉に言った。

「応急の手当てをするといっても、ここでは無理だぞ」

「へい、では、どうしましょうか」

　あたりを見まわし、伊織はすぐ近くに葦簀掛けの水茶屋があるのに気づき、弥吉に言った。

「あの茶屋にしよう。それぞれ、床几に座らせるか、寝かせるかすればよい。そのほう、掛けあってくれ」

「へい、かしこまりました」

　弥吉がすぐに水茶屋に向かう。

　しばらくして戻ってくるや、言った。

「先生、わけを話し、茶屋を貸し切りにしました」

「ほう、それはでかした」

「それなりに金はかかりますが、恵比寿屋が負担しますので」

　そう言いながら、弥吉がちらと秀一のそばの男を見る。やはり若旦那の負傷を聞きつけ、駆けつけた伊勢七の奉公人のようだった。あとで話しあい、費用は折半となるかもしれない。

お為は四人がかりで、抱きかかえて運んだ。

秀一と丈助は人がそばに寄り添いながら、それぞれ自分で歩いて茶屋に向かった。

床几の上に仰向けに寝かせたお為の右の足首を、伊織はもういちど点検したあと、

「念のため、添え木をあてたほうがよいな。誰か、適当な竹や薪のようなものを集めてくれぬか」

と、弥吉ら集まっている者に言った。

しばらくして、弥吉が数本の木切れを持参した。近くの商家からもらってきたようだ。

「そのほう、手伝ってくれ」

伊織は長次郎に手伝わせながら、お為の患部に添え木をあて、晒し木綿を幾重にも巻いていく。

巻き終えると、弥吉に言った。

「いちおう固定したが、私がおこなったのはあくまで応急の措置だ。きちんと骨接ぎに手当てをしてもらったほうがよい。千住宿《せんじゅしゅく》の外れに、名倉《なぐら》という骨接ぎがいる。恵比寿屋の主人に話をして、駕籠を雇い、名倉に連れていったほうがよかろうな」

「へい、千住の名倉は聞いたことがございます。旦那さまに話をして、名倉に行くようにいたします。

では、ともかく、いったん恵比寿屋に戻りますからね。あたしは駕籠を呼んでまいります」

弥吉がお為に言い、茶屋を出ていく。

参道の駕籠屋で駕籠を雇うようだ。

伊織は内心、名倉で療治を受け、快癒したとしても、お為は杖に頼らなければ歩けないかもしれないなと思った。もちろん、口にはしない。

続いて、秀一の手当てである。

同じように、左手首の患部に添え木をあて、晒し木綿を巻いて固定した。さらに、晒し木綿を首にまわし、左手を吊るすようにする。

手当てをしながら、伊織が言った。

「なにがあったのだ」

「へい、お為ちゃんが歩いていたので、あたしが声をかけたのです。すると、プイと横を向き、男坂をさっさとのぼりだしたので、あたしが追いかけ、

『返事くらいしてもいいじゃないか』

と、言ったのです。

『ほっといておくれ』

『そんなに、つんけんしなくてもいいじゃないか』

と、まあ、そんな調子で言いあっていると、あの男が坂の上から駆けおりてきまして」

秀一が、隣の床几に腰をおろしている丈助に、ちらりと視線を向けた。

丈助が秀一を睨み返す。

秀一が続ける。

「あの男が、

『おい、お為ちゃんに、なにしているんだ』

と、怒鳴るなり、つっかかってきましてね」

「てめえ、いいかげんなことを言うな。てめえのほうが俺を突き飛ばそうとした

じゃねえか」

丈助が興奮のあまり、すっくと立ちあがった。

だが、口から「ううっ」と苦悶の声が漏れる。胸を手で押さえながら、がっくりと床几に尻を落とした。そのあとは、じっとうつむいている。

伊織は晒し木綿を巻き終えると、秀一に言った。

「これはあくまで応急の措置じゃ。そなたも、名倉で手当てを受けたほうがよい。ただし、そなたの場合は駕籠でなく、千住まで歩いていけよう」

「へい、ありがとうございます」

秀一は頭をさげた。

そのあと、すでに起きあがり、床几に腰をかけているお為のほうを見て言った。

「あたしも、おめえも、罰《ばち》が当たったのかもしれないね」

「罰って、いったいなんのことさ」

お為がいきりたつ。

沈んだ声で秀一が言った。

「お仙ちゃんの罰さ」

「なに言ってんだい、この唐変木、ちょんの間のくせして」

お為が狂気のようにわめいた。

続いて、急に両手で顔を覆って泣きだした。

肩を震わせ、まさに号泣している。

伊織は、十五歳の娘が男を「ちょんの間」と罵倒するのを聞き、唖然とした。

長次郎は意味がわからないようである。

丈助はクスリと笑ったが、そのあとは顔をしかめている。笑っても痛みがあるようだ。

そこに、弥吉が戻ってきた。お為が泣いているのを見て、ちょっと戸惑っていたが、

「さあ、駕籠が来ましたからね。旦那さまには、あたしからも謝ってあげますから、とにかく家に帰りましょう」

と、なだめながら、床几から立ちあがらせる。

そして、肩を貸して歩かせ、どうにか駕籠に乗りこませた。

「では先生、旦那さまとも相談して、あらためてお礼にうかがいますので。今日のところは、これで」

駕籠に弥吉が付き添い、恵比寿屋に向かう。

お為がいなくなると、秀一は丈助の存在がなんとも不快らしい。そそくさと立ちあがると、

「先生、お父っさんとも相談して、あらためてお礼にうかがいますので」

と挨拶するや、伊勢七の奉公人に付き添われ、帰っていった。

「さて、そなたの番だ。待たせたな」

伊織が丈助に言った。

丈助が不安げに問う。

「あたしも、千住の名倉に行ったほうがよいでしょうか」

「まあ、とにかく、診てみよう。諸肌《もろはだ》脱ぎになってくれ」

長次郎が手伝い、丈助は上半身裸になった。

伊織は指で触診し、言った。

「うむ、骨に異常はないようだな。家に奉公人はいるのか」

「へい、あたしの家は蒲鉾屋《かまぼこや》でして。下女や下男がいます」

「では、下女に頼み、手ぬぐいを水に浸したあと、よく絞ってもらえ。それを痛むところにあて、冷やすことだ。手ぬぐいが生ぬるくなったら取り換え、とにかく冷やすことだ。おそらく、四、五日で痛みは引くであろう。

名倉に行くまでもなかろうよ」

丈助はほっとしている。

伊織は長次郎に手伝わせ、丈吉の胸部に晒し木綿を幾重にも巻いた。

「着物を着てよいぞ。

胸の部分を固定した。これで、湯島三組町まで、自分の足で歩いて帰れるであろう。ただし、ゆっくり歩くことだ。

しばらくの間は、おとなしくしているほうがよいぞ。さきほどのように急に立ちあがったりすれば、それこそ激痛だぞ」

「へい、わかりました」

丈助が顔を赤らめた。

その後、礼を述べたあと、丈助が床几からゆっくりと腰をあげ、ゆっくり歩いて帰っていく。

その後ろ姿を見ながら、長次郎が言った。

「先生、丈助さんがちょっと心配ですね。わたしが付き添って、家まで送り届けましょうか」

「丈助はそなたよりはるかに身体が大きいぞ。もしよろめいたとしても、とてもそなたの力ではささえきれまい。最悪の場合、もつれあって、ふたりとも転んでしまうぞ。

ふたり転ぶより、ひとり転ぶほうがましだろうよ」

「なるほど、そうですね」

長次郎は師匠の合理主義に、おかしそうに笑った。

伊織は床几に腰をおろし、さきほどの秀一の、「罰が当たった」という述懐を考えていた。

同心の鈴木順之助が言うように、秀一とお為の行為は罪に問うことはできない。

だが、十歳のお仙を置き去りにしたのは、やはり罰当たりな行為なのだ。

名倉で治療を受け、快癒したとしても、お為は右足、秀一は左手が不自由なはずだ。

これからの人生を、不自由な足と手で生きていかねばならない。

(それを、罰が当たったというのなら、まさに因果応報で、納得できる。

しかし、左官の半六のような例もあるからな)

伊織は考え続ける。

常磐津文字苑に芸者時代の話を聞いて以来、半六に疑惑を深めていたのだ。

「お師匠さん、どうしたのですか」

長次郎に呼びかけられ、伊織はハッと我に返った。

「すまん、考え事をしておった。では、帰ろうか」

四

一の日にモヘ長屋で開かれる無料診療所は、八ツ（午後二時頃）までである。

八ツを見はからい、春更が沢村伊織のもとにやってきた。

しばらくすると、今度は岡っ引の辰治が現れた。やはり、八ツを見はからったようだ。

「おや、春更さん、ちょうどよかった」

辰治がずかずかとあがりこみながら言った。

春更が好奇心をあらわにする。

「親分、なにか奇怪な事件が起きましたか」

「なんだか、待ち望んでいるようですな」

苦笑しながら、辰治が伊織の前に座った。

さっそく、下女のお松が茶と煙草盆を出す。

以前は、八ツを過ぎてもお松を長屋にとどめておくのを、伊織は申しわけないと感じていた。

だが、本人の口から、店に帰るよりも長屋にできるだけ長くいたいと聞いて、いまでは気にしないことにしていた。お松にしてみれば、店の下女奉公より、診療所の下女奉公のほうがはるかに楽なのだ。

今日も、診療所は終わったのを知って、長屋の女の子がやってくるや、お松と話をしている。一の日に通ってくるうち、いつしか友達もできたようだ。

「これから、春更に話そうとしていたところでした。いい頃合いに親分が登場しましたぞ」

そう前置きして伊織が、秀一とお為が怪我をした顚末を語った。

聞き終えた春更が言う。

「秀一とお為になんの咎めもないのは、わたしとしては割りきれないものがあったのですが、怪我をしたと知ると、『いい気味』とまでは言いませんが、いわば読後感がいいですね。

勧善懲悪はおおげさですが、やはり戯作の締めくくりはこうでなくてはなりません。いや、戯作では、秀一とお為をもっと痛い目に遭わせてもいいかもしれません」

ひとりで、春更は大きくうなずいている。

辰治がしみじみと言った。

「たしかにふたりに罰が当たったのだと考えると、溺れ死んだお仙も少しは浮かばれるかもしれませんな」

「秀一と不仲になったあと、お為はあらたに丈助という男を見つけたようでした。しかし、これで丈助との仲も終わりでしょうね」

伊織が言った。

辰治はうなずいたあと、煙管で一服し、語りだした。

「じつは、ここに来る前、神田明神下同朋町に寄ったのです。左官の半六が行方知れずになったと聞きましたのでね」

「え、また行方不明ですか」

春更が素っ頓狂な声をあげる。

伊織もすぐに、お仙とお絹が行方不明になったのを連想した。半六まで行方不明になるとは、ただ事ではない気がする。

「以前、半六の言い分が本当かどうかを調べるため、孫六の別な弟子に質問しましたからね。そのとき、顔見知りになった左官が、わっしに知らせてくれたのですよ。

わっしも妙に気になり、孫六の後家に会いに行き、事情を尋ねたのですよ。後家によると、着替えの着物など、半六の私物はすべてなくなっていたそうです。事件に巻きこまれて行方不明になったのではなく、覚悟の逃亡ですな。

かなり後家は気落ちしていましたよ。亭主に死なれたうえ、今度は頼みの綱の一番弟子に逃げられたのですからね。

後家によると、孫六との間に子どもはなかったそうでしてね。親類の娘を養女にもらい、そのあとで半六を婿養子に迎えようかと、夫婦で話をしていたのだそうです。ゆくゆくは半六に親方を継がせるつもりだったわけです。

ところが、孫六が死に、半六もいなくなり、すべて水泡に帰したわけです」

「ほう、いったい、なにがあったのでしょう」

春更は興味津々である。

伊織がおもむろに口を開く。

「そのうち、親分に話さなければならないと思っていたのです。今日はいい機会です。

先日、常磐津文字苑師匠から、深川の芸者時代の話を聞いたのですがね」

そして、囲者のお絹が深川では浜吉と名乗っていたこと、半六は浜吉の情男だったこと、親方の孫六が浜吉に熱をあげ、宴席に呼んでいたころにも、浜吉と半六はひそかに情事を続けていたことを話した。

「そうでしたか。半六の野郎、いさぎよく身を引いたなどと言っていましたが、実際はお絹に未練たらたらだったのかもしれませんな」

辰治が評した。

伊織が続ける。

「まさに、未練があったのです。

思うに、半六は誤算続きだったのではないでしょうか」

「誤算続きとは、どういうことです」

「親方の孫六がお絹を囲者にしたあとも、半六は忍び会いを続けるつもりだったのでしょう。しかし、お絹はきっぱりと半六を拒絶しました。お絹もそれなりに利口な女です。孫六の囲者になってから、半六を間男にするのは危険が大きすぎます。それで、お絹は半六ときっぱり切れたのです――これが第一の誤算。

とはいえ、半六はあきらめきれず、それとなくお絹を探っていたのでしょうね。すると、お絹に間男がいる様子です。間男に、半六とは別な男を選んだわけです――これが第二の誤算。

半六はお絹に怒りをつのらせたのでしょうね。そこで、間男とお絹の動向を調べたのです。おそらく、下女のお捨が一役買っていたはずです。そして、親方の孫六に、こう告げたのです。

『親方、お絹さんに間男がいるという噂がありやすぜ。今日あたり、間男がお絹さんのところへ、忍んでいきそうです』

案の定、孫六は普請場を飛びだし、お絹のとこへ駆けつけました。そして、間男がいるのを見つけたのです。

半六の目論見では、孫六が間男をぶちのめし、お絹を叩きだすというものだったでしょう。そうなっていれば、半六はさぞ留飲をさげたことでしょうね。

ところが、間男は逆襲し、孫六を刺し殺してしまいました。さらに、お絹まで殺してしまったのです――これが第三の誤算。

半六は、間男が及川の奉公人であることは、ほぼ知っていたはずです。そして、なよっとした優男と思いこんでいたはずです。

ところが、左官の親方を刺し殺してしまったではありませんか。半六には、同心の鈴木さまのような殺人者の心理への洞察はありません。そのため、半六は間男を凶悪な男と考え、恐怖を覚えたはずです。『いざとなれば、なにをするかわからない男』というわけですね——これが第四の誤算。

しかし、親方を殺した男を自分が捕えれば、左官仲間でいい顔ができます。そんな揺れ動く気持ちで、半六は及川に様子をうかがいにいったのです。ところが、宗兵衛の姿はありません。急に怖くなった半六は、すぐに引きあげたのです。おそらく、自分が推理したように作り話をこしらえ、辰治親分に相談するつもりだったのでしょう。

ところが半六の出現に追いつめられた宗兵衛は、その晩、首を吊って死んでしまいました——これが第五の誤算。

というわけですがね」

辰治がうなった。

「なるほど、誤算続きだったわけですな」

「半六は先日、春更の戯作の梗概を聞きました。そして、このぶんでは、やがて自分が孫六殺しを仕組み、宗兵衛を自殺に追いこんだと判断されるのを恐れたのでしょう。

春更の梗概が、自分の悪事を告発していると深読みしたのかもしれませんね。臑《すね》に疵《きず》持つがゆえの深読みかもしれませんが。

そのため、逃げだしたのです」

春更が驚いて言う。

「すると、先生は半六をあぶりだすために、あの会を企図したのですか」

「いや、そこまでは考えていなかった。会が終わったあと、文字苑師匠の話を聞いてから、半六に疑いを深めた」

「そうでしたか。それにしても、半六は逃げだして、これからどうするのでしょうね」

春更の疑問に、辰治が事もなげに言う。

「野郎は職人で、腕に職があります。その気になれば、奉公先はどこにでもありやすよ。

おそらく、川崎宿か神奈川宿あたりに逃げたと、わっしは睨んでいますがね。川崎や神奈川であれば、もう町奉行所の力は及びませんからね。

土地の左官の親方を訪ね、面目なげに、

『じつは、女でしくじってしまいましてね、江戸には居づらくなったもんですから』

　と泣きつけば、

『なんだ、しょうがねえ野郎だな。まあ、しばらく、内で遊んでな』

と、面倒を見てくれる、太っ腹な親方はいますぜ」

「ほう、そんなものですか。それにしても、半六は目の前にあった親方の座を、みすみす棒に振ったことになりますね」

　伊織が感慨深げに言った。

　いっぽう、春更は頭を抱えている。

「う～ん、戯作の構想がだいぶ変わってきますね。というか、筋立てが複雑すぎますね」

　そのとき、けたたましい笑い声が起こった。

　台所のへっついのそばで、お松と長屋の子が膝をつつきあって笑い転げている。

下女とはいえ、お松はまだ子どもだった。

「では、そろそろ」

　辰治と春更が腰をあげる。

伊織がお松に声をかけた。

「おい、帰るぞ」

五

沢村伊織が須田町から帰ってくると、家の中からお繁と若い男が楽しそうに話をしているのが聞こえた。

玄関に足を踏み入れると、男があわてて正座に直り、伊織に向かって頭をさげる。

見ると、先日、男坂から転げ落ちて胸を打った丈助だった。

伊織が座りながら、意外そうにお繁を見た。

「知りあいだったのか」

「はい、子どものころ、手習いが一緒でしたから」

「一緒と言いましても、あたしのほうがちょいと歳が上なのですが、お繁さんにはまったくかないませんでした。あたしが平仮名に四苦八苦しているころ、お繁さんはもう漢字を書いていましたから」

丈助はそう言ったあと、急に口調をあらためる。

「先生、お礼を申し述べるのが遅くなり、失礼しました。

先日は、ありがとう存じました」

「どうだ、具合は」

「へい、おかげで、もう痛みはほとんどなくなりました」

「丈助さんから、謝礼として蒲鉾をたくさんいただきましたよ」

お繁が横から言った。

丈助は恥ずかしそうに、

「いえ、内の商売物ですが」

と、首をすぼめた。

続けて、丈助がためらいがちに言う。

「あのう、申しあげにくいのですが、今回のことは、内のお父っさんにはくれぐれも内聞に願いたいのですが」

伊織は思わず笑いそうになったが、かろうじてこらえた。女のことで揉めたなどと父親の耳に入ると、大目玉を食いかねないのであろう。

蒲鉾を持参したのも、謝礼というより、口止め料のつもりかもしれない。

「内聞にということであれば、もちろん人には言わないが。しかしなぁ、あれだけ多くの人が見ていたのだぞ。いくら私が口をつぐんでいても、そのうち親仁どのの耳に入るぞ」

「はあ、やっぱり、そうですかねえ」

丈助が情けなさそうな顔になった。

伊織は、医者を口止めさえすれば父親に知られないと考えている丈助の単純さがおかしかった。

「先日、家に帰ったとき、身動きはぎこちないし、胸は冷やしているしで、家の者から、

『どうしたのか』

と、問われたろうよ。

どう、返答したのか」

「へい、あたしもそれなりに考えましてね。

天神さまに、蒲鉾作りの腕があがりますようにと祈願に行き、帰りがけ、男坂で人にぶつかりそうになって、よけようとして足をすべらせ、十段くらい上から下まで転がり落ち、胸を打った、と、まあ、そのような説明をしました」

そばで、お繁がくすくす笑っている。

伊織も苦笑するしかない。

「たまたま、蘭方医の沢村伊織先生が往診の帰りに通りかかり、親切に手当てをしてくれたと、お父っさんには言ったわけです。

するると、お父っさんが、

『では、先生にお礼を述べに行ってくる』

と言い出しましてね。

あたしも焦りました。

どうにかこうにか、お父っさんを思いとどまらせたのですが、

『では、蒲鉾をお礼に持っていけ』

と言われて、今日、参上した次第です」

「そうか、気を遣わせてしまったな」

そう言いながら、伊織は丈助が勝手に店の商品を持ちだしたのではないのを知り、ちょっと安心した。

「そなたは家業を継ぐのか」

「へい、あたしは長男でしてね。蒲鉾屋を継ぐつもりです。

じつは、これでも、蒲鉾作りはなかなかの腕なのですよ。今日、お持ちした蒲鉾も、全部とは言いませんが、半分くらいはあたしが作ったものでしてね」

途中から、丈助はお繁に向かってしゃべっていた。

それまでとくらべ、にわかに能弁になる。

「蒲鉾は魚のすり身に塩や澱粉などを加えて練り、いろいろな形にして、熱して作るものですがね。

足利将軍さまの時代からあるようですが、そのころは魚のすり身を竹に塗りつけて焼いた竹輪のようなもので、蒲《がま》の穂《ほ》に似ていることから、『蒲穂子』、また蒲の穂は鉾《ほこ》に似ていることから、やがて『蒲鉾』と呼ばれるようになったそうでございます。

やがて、板付け蒲鉾が登場しましたが、最初は焼いていたそうでございます。そのあと、蒸すのが主流となり、いまにいたっております」

伊織は聞きながらほとほと感心した。蒲鉾の由来など知らなかったし、これまで考えたこともなかった。

いっぽう、お繁はさほど感心した風はないが、絶妙な問いを投げかける。

「蒲鉾の由来の能書きはともかく、今日、おまえさんが持ってきた蒲鉾はどうなのさ」

「そこですよ、お繁さん、よく聞いておくれだ。世間では、蒲鉾はいろんな魚をまぜこぜにしてすり身にし、作っていると思っているようですが、とんでもない誤解ですよ。混ぜ物なしの、甘鯛《あまだい》、そして鱚《きす》の蒲鉾。これを食べてごらんなさい、絶品ですよ。蒲鉾の最高級品と言ってよいでしょうね。鮃《ひらめ》などを用いたものは中級品です。鯔《ぼら》や縞鰺《しまあじ》などの身をまぜこぜにして、板にすりつけて蒸した蒲鉾は下級品でしょうね。まあ、内も魚がもったいないので、そういう物も作っていますがね。もちろん、安く売っております」

「蒲鉾の作り方はよくわかりましたけどね。おまえさんが内に持参した蒲鉾は上、中、下のどれですか。下だからと言って、べつになんとも思いませんよ」

お繁が遠慮のない質問をする。

そばで聞いていて、伊織は妻の質問にいささか驚いた。あまりに不躾ではなかろうか。

ところが、丈助はお繁の追及に嬉しそうに答える。

「混じり物なしの、甘鯛の蒲鉾です。あたしが作りました。食べてみてくださいな」

「あら、それは楽しみだわ」

「ふむ、それはぜひ賞味してみよう」

伊織はこれまで蒲鉾を食べるとき、魚の種類がなんなのか、考えたこともなかった。

たしかに、蒲鉾を食べるのが楽しみになる。

お繁としばらく雑談したあと、丈助は帰っていった。


その後、ひとり患者が来て、診察を終えて帰るのと入れ違いに、秀一と羽織姿の初老の男が現れた。

秀一は首にかけた布で左手を吊っている。

初老の男は、自分は秀一の父親で、伊勢七の主人の八左衛門《はちざえもん》と名乗ったあと、

「このたびは、豚児《とんじ》がお世話になりまして」

と、丁重に挨拶した。

伊織は、八左衛門が「豚児」という漢語を使うのにいささか驚いた。商人とは

いえ、かなり教養があるようだ。漢籍に親しんでいるのかもしれない。

まずは息子のことで礼を述べたあと、八左衛門が桐の箱を差しだす。中身は羊羹であろう。

伊織はふと、こんなとき岡っ引の辰治であれば、

「なんだね、通和散かい」

と言うかもしれないと想像し、笑いそうになったがぐっとこらえた。

「千住の名倉には行ったのか」

「へい、なんとかいう骨が折れているとかで、治るまでに一か月はかかると言われました」

秀一はかなりしょげていた。

八左衛門が眉をひそめる。

「なんとかいう骨とはなんだ。覚えておらんのか、情ない」

「肘から手首まで、骨は二本に分かれていますからね。そのどちらかが折れたのでしょう」

伊織が指摘した。

八左衛門と秀一はともに驚いている。

「え、手には二本の骨があるのですか」

「骨は一本だとばかり思っておりましたが」

「肩から肘までは一本の骨ですが、肘から手首までは二本なのです」

伊織が説明した。

八左衛門はまだ信じがたいのか、右手の指で左手を触っていた。しかし、指で触っても判別はできないはずである。

秀一は、自分は手で確かめられないのがもどかしそうだった。

八左衛門が話題を変える。

「ところで、先生は長崎で修業されたと、うかがっておりますが」

「はい、シーボルト先生の鳴滝塾で学びました」

「長崎にはオランダ人のほか、清人《しんじん》も住んでおりますね」

「はい、オランダ人は出島、清人は唐人屋敷に、いわば押しこめられています」

「あたくしは長崎に行き、清人に自分の詩を見てもらうのが夢でしてね。じつは、あたくしは下手の横好きで、詩を作っております」

これで伊織は、なぜ八左衛門が豚児を知っていたのかがわかった。八左衛門は詩作が趣味なのだ。

当然、漢語にはくわしくなる。

俳句や連歌の結社同様、漢詩の結社もあった。八左衛門はそんな漢詩の結社の一員なのであろう。

「本場の人にどう評されるか、怖くもあり、楽しみでもありましてね」

「なるほど、そうでしょうね」

長崎は蘭学を志す者の憧れの地であると同時に、漢詩を趣味とする人の憧れの地でもあった。

清人がいたからだ。しかし、同時に錯覚でもあった。

というのは、唐人屋敷に居住する清人のほとんどは商人や水夫であり、文人ではない。詩の鑑賞どころか、文字の読み書きもろくにできない者も少なくなかったのだ。

そうした事情を伊織は知っていたが、八左衛門に言うのは遠慮した。

息子はそっちのけで、八左衛門はしばらく漢詩について語り続けた。

八左衛門と秀一が帰っていったあと、伊織は、

（そのうち、恵比寿屋から挨拶に来るかもしれぬな）

と思った。

だが、右足首を負傷しているお為は動けないため、来るのは父親だけであろう。そのときに、名倉の診立ても聞けるであろう。やはり医者として、伊織はお為の足の状態がもっとも気がかりだった。

コスミック・時代文庫

●●●●●●●●●●●●●●●●●●●●●●●●●●●●●●●●●●●●

秘剣《ひけん》の名医《めいい》
【十四】
蘭方検死医 沢村伊織

2023年 3 月25日　初版発行
2023年11月25日　2刷発行

【著 者】
永《なが》井《い》義《よし》男《お》

【発行者】
佐藤広野

【発 行】
株式会社コスミック出版
〒154-0002 東京都世田谷区下馬 6-15-4
代表　TEL.03(5432)7081
営業　TEL.03(5432)7084
　　　FAX.03(5432)7088
編集　TEL.03(5432)7086
　　　FAX.03(5432)7090

【ホームページ】
https://www.cosmicpub.com/

【振替口座】
00110 - 8 - 611382

【印刷／製本】
中央精版印刷株式会社

ISBN978-4-7747-6457-3 C0193